崇賢善本

丁酉仲秋京
師崇賢館刊

崇賢館記

太初混沌、盤古開天辟地、斗轉星移、萬象其命維新。炎黃先祖、崛起東方、篳路藍縷、以啓山林。華夏文明、源出細水涓涓、日夜不息匯爲浩浩江海。上古有河圖洛書之說、先民有結繩書契之作。自夏商以降至於隋唐、我先人以玉飾甲骨、鐘鼎簡牘、碑碣帛書、刻錄文明歷程、纘續堯舜禹湯文王周公孔子諸聖賢道統、斯文郁郁、盛世生焉。

至唐貞觀間、太宗爲繼往聖之學風、厚生之化、開太平之世、始設崇賢館。任學士、校書郎各二人、掌管經籍圖書、並教授諸生。光陰、箭越千年、二十世紀尾聲、有諸同道矢志復立崇賢館、旨於再造盛唐輝煌、興廢繼絕、金聲玉振、集歷代之英華、樹中天之華表、以最中國之形式、再現最中國之內容。俾言簡義豐、溫厚和平、墨香紙潤之中國書卷文化、福澤今日之世界。復立伊始、茫茫求索、久立而有待來者。漸至天下翕然而慕國學。當是時、幸得國學之師季羨林、啓功、馮其庸、傅璇琮及著名文史學家毛佩琦、任德山、余世存、國藝方家王鏞、林岫等諸先生、擔當學術顧問、肩荷指點迷津、遙斷翼軫之重責。

先賢典籍流傳、粲然可見。北宋一朝、蔡倫高足安徽宣城孔丹、創棉白佳紙、宣紙因而得名。中國造紙術隨後惠澤東西方文化傳播。宣紙典籍體輕而久壽、逐漸引領版刻盛行。宋版之精嚴而高貴、元版之景宋而厚重、明版之繁盛而不齊、清版之集古而爲新。今崇賢館志承歷代版刻精髓、精研歷代善本風貌、礪成鑄鼎之作、曰、崇賢善本。其館刊典籍、涵蓋經、史、子、集、四部精華、並書畫真跡、碑刻拓片、及今人解經、學人蹊徑、可謂囊經天緯地之道、攬修身齊家之學。堪爲現代收藏之冠冕極品、亦爲今人重塑私德之權威善本。

崇賢善本皆循宋代工藝。選安徽涇縣有紙中黃金美譽之手工宣紙製作。裝幀集材綾面絹簽、沿襲古法雕版琢字、均出名典、莊重雅致、古色生香。考工記云、天有時、地有氣、材有美、工有巧。斯乃術工與藝術俱臻高妙之境界、書卷文化之真精神。洋裝書雖彌漫當際、崇賢善本卻能卓爾不群。魯迅先生曾有比喻、洋裝書拿在手裏像舉磚頭、遠不如看綫裝書方便。中華先烈文稱風騷、武崇儒將、書卷之氣爲其獨有之美。然不讀綫裝古籍、難鑄高華之美。綫裝書卷在手、或坐或臥、思緒如泉潺潺不斷。心性高貴至極、卻不顯一絲張揚。是故崇賢館十數年如一日竭誠舉倡重構綫裝中國國學、進入生活、尋常百姓之家、當見縹囊飄香、廣厦重閣之府、更是卷盈緗帙。隨手展卷、有人倫之準式、傳世之華章、賢人之嘉言、生活之寶鑒。人人可漱六藝之芳潤、可浸高古之氣華。

朝代依序更迭、時光似川流逝、次第顧尋鼎食深院、閭閻人家、皆門書禮儀、傳家久詩書、繼世長。國學經典連綿千祀、然而形殊勢禁、古今不同、失之毫釐、謬以千里、時人熱捧國學、然忌入玄玄歧途、惟汲納百家之長、融鑄方以補天、勿忘戊戌維新之殤、是爲殷鑒。彙通儒家之禮樂規章、道家之取法自然、佛家之修心禪定、法家之以法治國、兵家之正合奇勝、加之國藝國史深研修行、方能據於德、依於仁、游於藝、經世致用、知行合一、退可以善道、進可以兼濟、高品生活、人所共求、今人之所憂嘆、先哲業已冥思而開示。吾輩俯仰間、應崇聖賢者、欣欣然咏而歸之樂也。

展觀宇内、商潮必資乎文明、方能發五色之沃采、惠億眾之福祉、古往今來、熙熙攘攘者、道統孰繼、崇賢館倡言、新國學、新閱讀、新收藏、新體驗。同仁塑夢終期館內、垂髫幼童讀書琅琅、舞象少年飛文染翰、窈窕淑女繪綉撫琴、域內外大雅鴻儒、絕藝名家群賢畢至、於斯爲盛再拜天下之甘爲中國傳統文化推廣者、播仁普智、勵勇可喜可嘉。漫漫長路、舉足爲始。崇賢館主李克敬敘宗旨。沐浴執筆、壬辰中秋記於京華。

沈復 著
彭令 整理
崇賢書院 釋譯

浮生六記

第一册

北京聯合出版公司

《浮生六記》增補：一種新的「敦煌學」

最近見到人民文學出版社出版、著名藏書家彭令先生整理的《浮生六記》的新增補本。本書增補的關於《浮生六記》的一個條目、在小說史上具有重要的價值。另外還新增了《冊封琉球國記略》、被眾多學者認定為是已經失傳的《海國記》。這自然讓人聯想起兩位國學大師王國維、陳寅恪的話。王國維《最近二三十年中中國新發現之學問》一文、謂「古來新學問起、大都由於新發現」、遂列舉殷墟甲骨文字、敦煌簡牘等「二三十年發見之材料並學者研究之成果」。陳寅恪又專就敦煌發見的材料立說、以為、「一時代之學術、必有其新材料與新問題。取用此材料、以研究問題、則為此時代學術之新潮流」。陳寅恪總結王國維的學術成就與治學方法、即將「取地下之實物與紙上遺文互相釋證」列為首位。兩位學者都主張發掘新材料、運用於研究中去、就能在各自領域作出新的開拓。

二十世紀特別是八十年代以來、我國傳統文化研究的進展、都與新發現材料密切相關。我作為唐代文學研究者、即深感唐代作家事跡研討與唐代科舉登第探索之所以能有很大的成就、即因與近二三十年以來碑傳墓誌發現有關。正因此、這篇書評的文題纔將《浮生六記》新增本的整理與出版、比擬為一種新的「敦煌學」、認為應該予以充分如實的評價、以引起全社會的注意。

這次新增補本、其文化學術意義是值得研索的、它一方面輯補佚文、一定程度上滿足了林語堂寄望能獲得「全文」的「福分」、另一方面可以獲見著者沈復的文化交流。此次的《海國記》、抄錄者錢泳與沈復、嘉慶五年（一八〇〇）以後、都住在蘇州、可視為同鄉。錢泳為嘉慶、道光時著名書法家、又能詩、善學、著作多種。又有作詩送行《送沈三白隨齊太史奉使琉球》、作者李佳言。嘉慶十二年與沈復同赴北京、翌年又薦其出使之石韞玉。這些都可進一步考索沈復的文化交流及清中晚期江南揚、蘇的地域文化，同時，更可就所增補的《海國記》，讓我們今天讀者能更具體瞭解當時琉球地區的風俗民情，以及釣魚島等的地理環境，是當時其他書中不易見到的原始材料，頗有歷史價值。

傅璇琮

浮生六記目錄

浮生六記

卷一　閨房記樂

原文　余生乾隆癸未[1]冬十一月二十有二日，正值太平盛世，且在衣冠[2]之家，居蘇州滄浪亭[3]畔。天之厚我，可謂至矣。東坡云：「事如春夢了無痕」[4]，苟不記之筆墨，未免有辜彼蒼之厚。因思《關雎》冠三百篇[5]之首，故列夫婦於首卷，余以次遞及焉。所愧少年失學，稍識之無，不過記其實情實事而已。若必考訂其文法，是責明於垢鑒矣。

註釋　①乾隆癸未：乾隆二十八年，即一七六三年。②衣冠：古代士以上戴冠，以「衣冠」代指士紳。③滄浪亭：位於江蘇省蘇州市城南三元坊附近，原爲五代吳越廣陵王錢元璙的花園，宋時被

詩人蘇舜欽買下，於園內築亭，命名爲滄浪亭。元陳孚《平江》詩：「滄浪亭下望姑蘇，千尺飛橋接太湖。」④「東坡」句：蘇軾《正月二十日與潘郭二生出郊尋春忽記去年是日同至女王城作詩乃和前韻》詩：「人似秋鴻來有信，事如春夢了無痕。」⑤三百篇：即《詩經》。相傳《詩》原有三千餘篇，經孔子刪訂爲三百一十一篇，其中六篇有目無詩，實存三百零五篇，舉其整數稱三百篇。唐韓愈《薦士》詩：「周《詩》三百篇，雅麗理訓詁。」

譯文　我生於乾隆癸未年冬天十一月二十二日，當時正是太平盛世，又生在士紳之家，居住在蘇州滄浪亭旁，老天對我的厚愛可以說達到極致了。蘇東坡的詩中說「事如春夢了無痕」，如果不把經歷用筆墨記下來，未免辜負了蒼天對我的厚愛。因爲考慮到《關

雎》是《詩經》中的第一篇，所以我也將描寫夫婦的文章放在最前面，其他方面的也將依次寫到。慚愧的是我少年失學，沒有多少知識，衹是記錄真實的情感和事情罷了，如果一定要考訂其中的文字和章法，就是責備一塊有污垢的鏡子爲甚麼不明亮了。

原文 余幼聘金沙于氏，八齡而夭；娶陳氏。陳名芸，字淑珍，舅氏心余先生女也。生而穎慧，學語時，口授《琵琶行》，即能成誦。四齡失怙，母金氏，弟克昌，家徒壁立。芸既長，嫻女紅①，三口仰其十指供給，克昌從師，修脯②無缺。一日，於書簏③中得《琵琶行》，挨字而認，始識字。刺繡之暇，漸通吟詠，有「秋侵人影瘦，霜染菊花肥」之句。

余年十三，隨母歸寧④，兩小無嫌，得見所作，雖歎其才思

雋秀，竊恐其福澤不深，然心注不能釋，告母曰：「若爲兒擇婦，非淑姊不娶。」母亦愛其柔和，即脫金約指締姻焉。此乾隆乙未⑤七月十六日也。

註釋 ①女紅：同「女功」，舊指婦女從事的紡織、刺繡及縫紉等事。《漢書·景帝紀》：「雕文刻鏤，傷農事者也；錦繡纂組，害女紅者也。」顏師古注：「紅讀曰功。」②修脯：也作「脩脯」，舊時指送給老師的薪金。清馮桂芬《改建正誼書院記》：「以萬金置田，以歲租爲脩脯膏火資。」③書簏：用來藏書的竹箱子。唐皮日休《醉中即席贈潤卿博士》詩：「茅山頂上攜書簏，笠澤心中漾酒船。」④歸寧：已經出嫁的女子回家看望父母。《詩·周南·葛覃》：「害澣害否，歸寧父母。」《朱熹集傳》：「寧，安也。謂

問安也。」⑤乾隆乙未：乾隆四十年，即一七七五年。

【譯文】我幼年就和金沙于家的女孩子定了親，可是她八歲時不幸夭折了；我後來娶了一位姓陳的女子。陳氏名芸，字淑珍，是舅父心余先生的女兒。她天生聰慧，學説話的時候，給她講《琵琶行》，她就能背誦。她在四歲時，父親去世了，家中衹剩下母親金氏和弟弟克昌，家境十分貧寒。陳芸長大後，擅長刺繡，一家三口靠她的十指維持生活，克昌讀書的學費從來沒有短缺過。有一天，陳芸在藏書的箱子裏發現了《琵琶行》，一字一句地認，纔開始識字。她在刺繡以外的閒暇時間裏學習，漸漸懂得了吟詩作文的方法，作有「秋侵人影瘦，霜染菊花肥」這樣的詩句。

我十三歲那年，跟著母親到外婆家，與陳芸兩小無猜，得以見到她

的詩作，雖然讚歎她的才思雋秀，但也暗中擔心她福分不深，然而心中對她的愛慕無法釋懷；就對母親説：「如果要爲兒子選擇媳婦，除了淑珍姐姐我誰也不娶。」母親也喜歡陳芸的溫柔和順，就取下金戒指爲我們定了親。那一天是乾隆乙未年七月十六日。

【原文】是年冬，值其堂姊出閣①，余又隨母往。芸與余同齒②而長余十月，自幼姊弟相呼，故仍呼之曰淑姊。時但見滿室鮮衣，芸獨通體素淡，僅新其鞋而已。見其繡製精巧，詢爲己作，始知其慧心不僅在筆墨也。其形削肩長項，瘦不露骨，眉彎目秀，顧盼神飛，唯兩齒微露，似非佳相。一種纏綿之態，令人之意也消。索觀詩稿，有僅一聯，或三四句，多未成篇者。詢其故，笑曰：「無師之作，願得知己堪

師者敲成之耳。」余戲題其簽曰「錦囊佳句」。不知夭壽之機，此已伏矣。

註釋 ①出閣：古時指公主出嫁，後泛指女子出嫁。唐元稹《七女封公主制》：「雖根華可尚，出閣未期，而湯沐先施，分封有據。」《紅樓夢》第一〇八回：「寶玉心裏想道：『我祇說史妹妹出了閣，必換了一個人了。』」②同齒：同歲。齒，指年齡。宋王安石《酬沖卿見別》詩：「同官同齒復同科，朋友昏姻分最多。」

譯文 那一年的冬天，正趕上陳芸的堂姐出嫁，我又隨母親去了外婆家。陳芸與我同歲，比我大十個月，我們從小便姐弟相稱，所以我仍然叫她淑姊。我當時祇見到滿屋的女子都衣著鮮豔，唯獨陳芸一身素淡，僅僅穿了一雙新鞋而已。我見鞋子繡製得十分精巧，一問纔知道是她自己做的，纔知道她的智慧不僅僅體現在筆墨上。她形態優雅，肩部削瘦，脖頸修長，雖瘦卻不露骨，眉毛彎彎，秀目顧盼神飛，祇有兩顆牙齒微微露出，似乎不是上好的相貌。她有一種纏綿之態，令人意氣消蕩。我向她要來詩稿閱讀，有的詩祇有一聯或三四句，大多都沒有完整篇。問她原因，她笑著說：「沒有老師教導，自己寫的，希望能有知己堪爲老師的幫我推敲完成。」我開玩笑地在她的詩稿上題了「錦囊佳句」四字。當時我並不知道，她年壽不長的先兆已然伏下。

原文 是夜，送親城外，返已漏三下，腹飢索餌，婢嫗以棗脯①進，余嫌其甜。芸暗牽余袖，隨至其室，見藏有暖粥並小菜焉，余欣然舉箸。忽聞芸堂兄玉衡呼曰：「淑妹速來！」

芸急閉門曰：「已疲乏，將臥矣。」玉衡擠身而入，見余將啜粥，乃笑睨芸曰：「頃我索粥，汝曰『盡矣』，乃藏此專待汝婿耶？」芸大窘避去，上下嘩笑之。余亦負氣，挈老僕先歸。

自啜粥被嘲，再往，芸即避匿，余知其恐貽人笑也。

至乾隆庚子②正月二十二日花燭之夕，見瘦怯身材依然如昔，頭巾既揭，相視嫣然。合巹③後，並肩夜膳，余暗於案下握其腕，暖尖滑膩，胸中不覺怦怦作跳。讓之食，適逢齋期，已數年矣。暗計喫齋之初，正余出痘之期，因笑謂曰：「今我光鮮無恙，姊可從此開戒否？」芸笑之以目，點之以首。

註釋 ①棗脯：用棗子做的果乾。《史記・滑稽列傳》：「楚莊王之時，有所愛馬，衣以文繡，置之華屋之下，席以露床，啖以棗脯。」②乾隆庚子：乾隆四十五年，即一七八〇年。③合巹：古代婚禮的一種儀式，將瓠一分爲二，用來盛酒，新婚夫婦各執其一共飲。《禮記・昏義》：「婦至，壻揖婦以入，共牢而食，合巹而酳。」孔穎達疏：「巹，謂半瓢，以一瓠分爲兩瓢，謂之巹。壻之與婦，各執一片以酳，故云『合巹而酳』。」

譯文 當晚到城外送親，回來時夜已經很深了，我肚子很餓就要喫的，僕人拿來了棗子做的乾果，我嫌甜。陳芸暗暗牽了牽我的袖子，我便跟著到了她的房間，看見她藏著溫粥還有小菜，就高興地舉起了筷子。忽然，聽到陳芸的堂兄玉衡喊道：「淑妹快來！」陳芸急忙去關門，說：「我太累了，就要睡了。」玉衡從門外擠進來，看到我正要喫粥，便邊笑邊斜著眼睛看著陳芸說：「剛纔我要粥，你說『都喫光了』，竟是藏著專爲夫婿留著嗎？」陳芸十分窘迫地躲開了，全家上下都大聲笑話她。我也賭氣帶著老僕人先回家了。陳芸自因我那次喫粥被人嘲笑，我再去的時候她就躲著，我知道她是害怕被別人笑話。

到了乾隆庚子年正月二十二日洞房花燭那天晚上，我見陳芸瘦弱的身體和從前一樣，我把她的頭巾揭下來後，與她相視而笑。喝過合巹酒後，我們並肩坐著喫夜宵，我暗暗地在桌子下握她的手腕，感覺指尖上傳來一股暖意，她的手腕光滑細膩，我的胸中不覺怦然跳動。我讓她喫東西，她說她喫素已經多年了。我心中計算，她

開始喫齋的時間正是我出水痘的時候，是爲了給我祈福啊，於是我開玩笑似的說：「如今我沒長麻子，也沒生病，姐姐可以開戒了嗎？」陳芸雙目含笑點了點頭。

原文　廿四日爲余姊于歸[1]，廿三國忌不能作樂，故廿二之夜即爲余姊款嫁。芸出堂陪宴，余在洞房與伴娘對酌，拇戰[2]輒北，大醉而臥，醒則芸正曉妝未竟也。

是日，親朋絡繹，上燈後始作樂。

廿四子正，余作新舅送嫁，丑末歸來，業已燈殘人靜。悄然入室，伴嫗盹於床下，芸卸妝尚未臥，高燒銀燭，低垂粉頸，不知觀何書而出神若此。因撫其肩曰：「姊連日辛苦，何猶孜孜不倦耶？」芸忙回首起立曰：「頃正欲臥，開櫥

得此書，不覺閱之忘倦。《西廂》③之名，聞之熟矣，今始得見，真不愧才子之名，但未免形容尖薄耳。」

註釋 ①于歸：女子出嫁。《詩・周南・桃夭》：「之子于歸，宜其室家。」《朱熹集傳》：「婦人謂嫁曰歸。」②拇戰：猜拳，是酒令的一種。③《西廂》：《西廂記》，全名《崔鶯鶯待月西廂記》，元代著名雜劇作家王實甫所作，敘述的是張珙與崔鶯鶯的愛情故事。

譯文 二十四日是我姐姐出嫁的日子，因爲二十三日是國忌，不能舉行宴會行樂，所以就在二十二日夜裏爲我姐姐出嫁款待親朋。陳芸來到堂上的宴席上陪坐，我在洞房與伴娘一起飲酒，猜拳輸了，喝得大醉，回來便躺下睡了，醒來的時候見陳芸正在晨妝，還沒有完成。

這一天前來的親朋好友絡繹不絕，直到淩晨大家纔開始作樂。二十四日半夜，我作爲新娘的弟弟送嫁，淩晨三點纔回來，家中的燈已經燃盡，人也已經入睡了，我悄悄地走進屋裏，做伴的老嫗正在床下打盹，陳芸已經卸了妝，還沒有就寢。蠟燭還在燃燒著，她低垂粉頸，不知正在看甚麼書而如此出神。於是撫著她的肩說：「姐姐連日來辛苦了，爲甚麼還孜孜不倦呢？」陳芸急忙回過頭站起來說：「剛纔正打算躺下，打開櫃子得到了這本書，不覺之間讀得忘了困倦。《西廂記》這本書的名字聽起來很熟悉，如今纔看到，作者真無愧於才子的稱號，衹是語言未免有些尖巧輕薄了。」

原文 余笑曰：「唯其才子，筆墨方能尖薄。」伴嫗在旁促卧，令其閉門先去。遂與比肩調笑，恍同密友重逢。戲探其懷，亦怦怦作跳，因俯其耳曰：「姊何心春乃爾耶？」芸回眸微笑。便覺一縷情絲搖人魂魄，擁之入帳，不知東方之既白。

芸作新婦，初甚緘默，終日無怒容，與之言，微笑而已。事上以敬，處下以和，井井然未嘗稍失。每見朝暾①上窗，即披衣急起，如有人呼促者然。余笑曰：「今非喫粥比矣，何尚畏人嘲耶？」芸曰：「曩②之藏粥待君，傳爲話柄；今非畏嘲，恐堂上③道新娘懶惰耳。」余雖戀其卧而德其正，因亦隨之早起。自此耳鬢相磨，親同形影，愛戀之情有不可以言語形容者。

註釋 ①朝暾：早晨的太陽，也指早晨的陽光。唐孟郊《抒情因上郎中二十二叔監察十五叔兼呈李益端公柳縝評事》詩：「明明三飛鸞，照物如朝暾。」②曩：過去，從前。③堂上：指父母。清陳康祺《郎潛紀聞》卷十二：「甲申而後，堂上健存，柴車屢征，忍恥一出。」

譯文 我笑著說：「衹因爲他是才子，筆墨纔能做到尖巧輕薄。」做伴的老嫗在一旁催促安寢，我讓她關上門自己先回去。於是和陳芸並肩坐著調笑，恍若親密的朋友重逢。我玩笑著將手探入她懷中，感到她的心正怦怦地跳，於是俯在她的耳旁說：「姐姐的心怎麼跳得這麼厲害？」陳芸微笑著回眸。我便覺得有一縷情絲搖曳著魂魄，擁著她入帳，不知道天已經快亮了。

陳芸作爲新媳婦，起初十分緘默，整天都沒有生氣的表情，與她說話，她也衹是微笑而已。她對父母很尊敬，對下人很和氣，將家裏的事打理得井井有條，沒有一點過失。每次見到太陽昇起，就急忙披衣起床，就像有人在呼喚催促一樣。我笑著說：「如今不是我喫粥那次能相比的了，爲甚麼還怕人嘲笑呢？」陳芸說：「從前我藏起粥給你喫，被人們傳爲談資；如今不是怕受到嘲笑，是怕父母說新娘子懶惰罷了。」我雖然想多睡一會，但是覺得她賢淑有婦德，也就和她一同早起。從此，我們耳鬢廝磨，十分親密，形影相隨，愛戀之情有很多無法用言語形容之處。

原文 而歡娛易過，轉睫①彌月②。時吾父稼夫公在會稽③幕府④，專役相迓，受業於武林⑤趙省齋先生門下。先生循循善誘，余今日之尚能握管，先生力也。歸來完姻時，原訂隨侍到館。聞信之餘，心甚悵然，恐芸之對人墮淚。而芸反強顏勸勉，代整行裝。是晚，但覺神色稍異而已。臨行，向余小語曰：「無人調護，自去經心！」

及登舟解纜，正當桃李爭妍之候，而余則恍同林鳥失群，天地異色！到館後，吾父即渡江東去。

註釋 ①轉睫：眨眼，比喻時間很短。清黃遵憲《臺灣行》詩：「昨何忠勇今何怯，萬事反復隨轉睫。」②彌月：滿一月。明陸弼《酒家傭·姊弟式廬》：「不若擇吉成親，彌月之後，同去展墓更好。」③會稽：轄今浙江省紹興市一帶。④幕府：原指軍隊主將設在帳幕內的府署，後泛指軍政大吏的府署。《史記·李將軍列傳》：「大將軍使長史急責廣之幕府對簿。」⑤武林：杭州舊稱。

譯文 然而歡樂的時光總是匆匆，轉眼間我新婚已經一月。當時，我的父親稼夫公在會稽做幕僚，專門派人來接我去會稽，在武林趙省齋先生門下學習。先生教導有方，循循善誘，我今天還能夠寫東西，完全是拜先生所賜。我回來完婚的時候，原已定好隨後便回去學習。聽到有信來，我心中十分傷感，擔心陳芸傷心落淚。不過，陳芸反而勉強控制著情緒來勸我，替我整理行裝，那晚衹是覺得她的神情與往日稍有不同罷了。我臨行的時候，她輕輕地對我說：「一個人在外面，沒有人照顧你，自己要細心！」

等到上了船，船隻駛離岸邊，正是桃李爭妍的時節，而我則精神恍惚，就像林中失群落單的鳥，天和地也變了顏色。到了館中，父親就渡江往東方去了。

原文

居三月，如十年之隔。芸雖時有書來，必兩問一答，半多勉勵詞，余皆浮套語，心殊怏怏。每當風生竹院，月上蕉窗，對景懷人，夢魂顛倒。先生知其情，即致書吾父，出十題而遣余暫歸，喜同戍人得赦。登舟後，反覺一刻如年。及抵家，吾母處問安畢，入房，芸起相迎，握手未通片語，而兩人魂魄恍恍然化煙成霧，覺耳中惺然一響，不知更有此身矣。

時當六月，内室炎蒸，幸居滄浪亭愛蓮居西間壁，板橋内一軒臨流，名曰「我取」，取「清斯濯纓，濁斯濯足①」意也。簷前老樹一株，濃陰覆窗，人面俱綠。隔岸遊人往來不絕，此吾父稼夫公垂簾宴客處也。稟命吾母，攜芸消夏於此。因暑罷繡，終日伴余課書論古、品月評花而已。芸不善飲，強之可三杯，教以射覆②爲令。自以爲人間之樂，無過於此矣。

註釋　①清斯濯纓，濁斯濯足：語出《孟子・離婁上》：「有孺子歌曰：『滄浪之水清兮，可以濯我纓；滄浪之水濁兮，可以濯我足。』孔子曰：『小人聽之，清斯濯纓，濁斯濯足，自取之也。』」

②射覆：古時的一種猜物遊戲，在甌、盂等器具下覆蓋一物，令人猜測。《漢書・東方朔傳》：「上嘗使諸數家射覆，置守宮盂下，射之，皆不能中。」顏師古注：「數家，術數之家也。於覆器之下而置諸物，令闇射之，故云射覆。」

譯文　我離家住了三個月，就像與陳芸分別了十年。她雖然時常寫信寄來，必定是我問幾次她纔回答一次，更多的祇是在勉勵我，其他都是空泛的話，我心中眞是有些高興不起來。每當微風撫過竹院，明月映上蕉窗，對著美景思念遠方的人，都令我夢魂顛倒。先生知道了這種情況，便寫信告訴了我父親，給我出了十道題，讓我暫時回家，我高興得就像守邊的人得到特赦。登上船後，反而覺得一刻都像一年那樣難熬。等回到家，給我的母親問完了安，回到房中，陳芸起身相迎，我們的手握在一起，甚麼都沒有說，而兩個人的魂魄卻似恍惚間化成煙霧，祇覺耳中嚮了一聲，更感覺不到自己身體的存在了。

當時正是六月，屋子裏十分濕熱，幸而我們住在滄浪亭愛蓮居的西間壁，板橋之內有一間臨水的小屋，名叫「我取」，取的是「清水洗冠纓，濁水洗雙足」之意，屋簷前有一株老樹，濃密的樹蔭遮著窗子，人的臉都映成了綠色的。隔著水，對岸的遊人往來不絕，這是我父親稼夫公招待客人的地方。我向母親稟明後，帶著陳芸在這裏消夏。因爲天氣熱，陳芸也不刺繡了，整天伴著我讀書，談古論今，賞月評花而已。陳芸不善飲酒，勉強她，也衹能飲三杯，我教她射覆，一起行酒令。自以爲人間沒有比這更快樂的事了。

【原文】一日，芸問曰：「各種古文，宗何爲是？」余曰：「《國策》①、《南華》②取其靈快；匡衡③、劉向④取其雅健；史遷⑤、班固⑥取其博大；昌黎⑦取其渾；柳州⑧取其峭；廬陵⑨取其宕；三蘇⑩取其辯，他若賈⑪、董⑫策對；庾⑬、徐⑭駢體；陸贄⑮奏議，取資者不能盡舉，在人之慧心領會耳。」芸曰：「古文全在識高氣雄，女子學之

恐難入彀⑯，唯詩之一道，妾稍有領悟耳。」

【註釋】①《國策》：即《戰國策》，是一部國別體史書，由西漢末年的劉向編定，共三十三卷。主要記述了戰國時期縱橫家的主張和言論，反映了戰國時期的風雲變幻，具有重要的史學價值。該書語言生動，對人物的描寫很成功，也具有很高的文學價值。②《南華》：即《莊子》，道家經典之一，是戰國時期思想家、哲學家莊子及其後人的作品。《莊子》共三十三篇，內篇七篇一般認爲是莊子的作品，外篇雜篇可能有後人之作。該書善用寓言說明自己的哲學觀點，想像力奇特，富有文采。③匡衡：字稚圭，東海郡承縣（今山東棗莊）人，西漢經學家，以說《詩》著稱，常爲漢元帝講《詩》，受到元帝的讚賞。④劉向：原名更生，字子政，沛縣（今江

蘇沛縣）人。西漢經學家、目錄學家、文學家。在前人基礎上輯錄《楚辭》，收戰國楚人屈原、宋玉的作品以及漢代賈誼、淮南小山、莊忌、東方朔、王褒、劉向諸人的倣騷作品；撰《別錄》，爲我國目錄學之祖；在校錄群書時，於皇家藏書中發現了六種記錄縱橫家的寫本，不過內容混亂，文字也有殘缺。於是按照國別編訂了《戰國策》；據《漢書·藝文志》載，劉向所作賦共有三十三篇，今僅存《九歎》一篇，另存《新序》、《說苑》、《列女傳》等書。⑤史遷：即司馬遷，字子長，西漢夏陽（今陝西韓城，一說山西河津）人，西漢史學家、思想家、文學家，所著《史記》記載了上自中國上古傳說中的黃帝時代，下至漢武帝太初四年（前一〇〇年），共三千多年的歷史，具有極高的史學和文學價值，對後世產生了深遠的影響。⑥班固：字孟堅，扶風安陵（今陝西咸陽）人，東漢史學家、文學家。在其父班彪續補《史記》之作《後傳》的基礎上編寫成《漢書》，爲我國第一部紀傳體斷代史。班固還擅長作賦，有《兩都賦》、《幽通賦》等。⑦昌黎：指韓愈，字退之，唐河內河陽（今河南孟縣）人，自謂郡望昌黎（今河北昌黎），世稱韓昌黎。唐代古文運動的宣導者，唐宋八大家之首，著有《韓昌黎集》四十卷等。⑧柳州：指柳宗元，字子厚，祖籍河東（今山西永濟），世稱「柳河東」，因官終柳州刺史，又稱「柳柳州」。唐代文學家、哲學家，與韓愈共同宣導古文運動，唐宋八大家之一，一生留有詩文作品達六百餘篇，有《柳河東集》等。⑨廬陵：指歐陽修，字永叔，號醉翁，又號六一居士，吉安永豐（今江西永豐）人，自稱廬陵（今江西吉安東）人，北宋政治家、文學家、史學家，有《歐陽文忠公文集》。⑩三蘇：北宋散文家蘇洵及其子蘇軾、蘇轍，是唐宋八大家中的三位。他們是眉州眉山（今四川眉山）人。蘇洵，字明允，號老泉，擅政論，有《嘉佑集》。蘇軾，字子瞻，又字和仲，號「東坡居士」，世稱「蘇東坡」，詩、詞、賦、散文均有極高的造詣，且善書法和繪畫。蘇轍，字子由，蘇軾弟，擅長政論和史論，代表作有《六國論》等。⑪賈：指賈誼，洛陽（今河南洛陽東）人，西漢政治家、文學家，十八歲即有才名，二十餘歲時被文帝召爲博士。二十三歲被貶爲長沙王太傅，後又爲梁王太傅。梁懷王墜馬而死，賈誼深感歉疚，三十三歲即憂傷而死。主要著作有散文《過秦論》、《論積貯疏》、《陳政事疏》和辭賦《弔屈原賦》、《鵩鳥賦》等。⑫董：指董仲舒，西漢思想家、哲學家、政治家，他將儒家的倫理思想概括爲「三綱五常」，著作彙集於《春秋繁露》一書中。漢武帝採納了他的思想，罷黜百家，獨尊儒術，儒學開始成爲正統學說。⑬庾：指庾信，字子山，南陽新野（今河南新野）人，可謂南北朝文學的集大成者。自幼隨父親庾肩吾出入於蕭綱的宮廷，後與徐陵一起在蕭綱的東宮任學士，是宮體文學代表作家，在文學風格上與徐陵並稱爲「徐庾體」。四十二歲出使西魏，羈留北朝，在詩賦等作品中抒發了對故國鄉土的懷念和對身世的感傷，風格轉爲蒼勁、悲涼。唐杜甫《戲爲六絶句》：「庾信文章老更成，淩雲健筆意縱横。」⑭徐：指徐陵，字孝穆，東海郯（今山東郯城）人，南朝梁陳間的詩人，文學家。今存《徐孝穆集》六卷，在梁中葉時選編詩歌總集《玉臺新詠》十卷。⑮陸贄：字敬輿，蘇州嘉興（今浙江嘉興）人，唐代政治家，文學家，有《陸宣公翰苑集》二十四卷行世。⑯入彀：《唐摭言·述進士》載，唐太宗在端門見新考中的進士魚貫而出，很高興地說：「天下英雄入吾彀中矣。」「彀中」指箭能射及的範圍。「入彀」喻由人操縱或控制。此處指符合一定的要求或標準。明胡應麟《詩藪·中州》：「趙秉文楊雲翼號金巨擘，製作殊寡入彀。」

譯文　有一天，陳芸問我：「古代的文章很多，應該推崇學習哪種纔對呢？」我說：「可以學《戰國策》和《莊子》的輕靈明快；匡衡和劉向的雅致隱健；司馬遷和班固的博大；韓愈的渾厚；柳宗元的嚴峻；歐陽修的無拘無束；三蘇的論辯，其他的還有賈誼、董仲舒的策對；庾信、徐陵的駢文；陸贄的奏議，有學習價值的很多，不能一下子說完，就看個人用心領會了。」陳芸說：「寫作古文全憑見識高超、氣勢雄渾，女子學起來恐怕很難達到這個標準，衹有在詩這方面，我還有一點領悟罷了。」

原文　余曰：「唐以詩取士，而詩之宗匠必推李①、杜②，卿愛宗何人？」芸發議曰：「杜詩錘煉精純，李詩瀟灑落拓。與其學杜之森嚴，不如學李之活潑。」余曰：「工部爲詩家之大成，學者多宗之，卿獨取李，何也？」芸曰：「格律謹嚴，詞旨老當，誠杜所獨擅；但李詩宛如姑射僊子③，有一種落花流水之趣，令人可愛。非杜亞於李，不過妾之私心宗杜心淺，愛李心深。」余笑曰：「初不料陳淑珍乃李青蓮知己。」芸笑曰：「妾尚有啟蒙師白樂天④先生，時感於懷，未嘗稍釋。」余曰：「何謂也？」

【註釋】①李：指李白，字太白，號青蓮居士，又號「謫僊人」，唐代偉大的浪漫主義詩人。李白的詩豪放飄逸，充滿了想像力，被稱爲「詩僊」。②杜：杜甫，字子美，自號少陵野老，世稱杜少陵、杜工部、杜拾遺等，初唐詩人杜審言之孫。他是唐代偉大的現實主義詩人，作品涉及社會動盪、人民疾苦等內容，被譽爲「詩史」，他本人被尊爲「詩聖」。③姑射僊子：中國古代傳說中的人物，《莊子·逍遥遊》：「藐姑射之山，有神人居焉。肌膚若冰雪，綽約若處子。不食五穀，吸風飲露，乘雲氣，御飛龍，而游乎四海之外。其神凝，使物不疵癘而年穀熟。」在古詩詞中被賦予了素白清新的意象。明馮夢龍《警世通言·卷三十五》：「廣寒僊子月中出，姑射雪裹來。」④白樂天：白居易，字樂天，晚號香山居士，唐代大詩人，代表作有《長恨歌》、《琵琶行》等，有《白氏長慶集》傳世。

【譯文】我說：「唐代通過作詩選拔人才，而寫詩的大家必然有李白和杜甫，你喜歡學誰？」陳芸發表她的議論說：「杜詩經過千錘百煉，精深純粹，李詩激昂灑脫，落拓不羈，與其學習杜甫的森嚴，不如學習李白的活潑。」我說：「杜甫集詩家之大成，學他的人很多，你卻衹要學李白，爲甚麼呢？」陳芸說：「格律的謹嚴，用詞的熟練恰當，確實是杜甫獨有的長處；但是李白的詩像姑射僊子一樣，有流水落花的趣味，令人感到十分可愛。並不是杜甫不如李白，衹是我自己的心中學習杜甫的想法很少，對李白的喜歡卻很深。」我笑著說：「當初真沒想到陳淑珍是李青蓮的知己。」

陳芸也笑著說：「我還有個啟蒙的老師——白樂天先生，時常想到，心中感慨，祇是不曾有一點表露。」我問：「爲甚麼這麼說呢？」

原文 芸曰：「彼非作《琵琶行》者耶？」余笑曰：「異哉！李太白是知己，白樂天是啟蒙師，余適字『三白』，爲卿婿，卿與『白』字何其有緣耶？」芸笑曰：「『白』字有緣，將來恐白字連篇耳（吳音呼『別字』爲『白字』）。」相與大笑。余曰：「卿既知詩，亦當知賦之棄取。」芸曰：「《楚辭》①爲賦之祖，妾學淺費解。就漢、晉人中，調高語煉，似覺相如②爲最。」余戲曰：「當日文君③之從長卿，或不在琴而在此乎？」復相與大笑而罷。

註釋 ①《楚辭》：楚辭是戰國時期偉大的詩人屈原創造的一種詩體，運用楚地的文學樣式和方言聲韻，描寫和記述楚地的山川人物、歷史風情，地方特色濃厚。西漢劉向將屈原的作品以及宋玉等人「承襲屈賦」的作品編輯成集，取名爲《楚辭》，成爲繼《詩經》後又一部對我國文學影響深遠的詩歌總集。②相如：司馬相如，字長卿，蜀郡（今四川成都）人，西漢辭賦家。他的作品詞藻富麗，結構宏大，代表作有《子虛賦》、《上林賦》等。③文君：卓文君，西漢時臨邛大富商卓王孫之女，喜好音律，她新寡家居時，恰逢司馬相如至卓家飲酒，聽到相如撫琴。文君愛相如之才，與之夜奔，後因家貧開了一家酒鋪，親自當壚賣酒，相如打雜。後來，卓王孫礙於面子，不得已周濟二人。

譯文 陳芸答道：「他不就是《琵琶行》的作者嗎？」我笑道：「眞

怪了啊！李太白是知己，白樂天是啟蒙老師，我的字恰好是『三白』，是你的夫婿，你和『白』字怎麼這麼有緣呢？」陳芸笑了笑說：「和『白』字有緣，將來恐怕還要白字連篇呢（吳語發音，將『別字』讀爲『白字』）。」我們一起大笑起來。我說：「你既然對詩有些了解，也應該知道讀賦時有哪些值得學習或需要捨棄的。」陳芸說：「《楚辭》是賦的始祖，我學問淺，理解得不深。就漢、晉時的人來說，他們的作品在格調高深、語言精練這方面，似乎司馬相如是第一。」我用玩笑的語氣說：「當時卓文君和司馬相如私奔，也許並不是因爲相如琴奏得好，而是因爲他的賦寫得好吧？」我們又一起大笑起來。

原文

余性爽直，落拓不羈；芸若腐儒，迂拘多禮。偶爲披衣整袖，必連聲道「得罪」；或遞巾授扇，必起身來接。余始厭之，曰：「卿欲以禮縛我耶？語曰：『禮多必詐』。」芸兩頰發赤，曰：「恭而有禮，何反言詐？」余曰：「恭敬在心，不在虛文①。」芸曰：「至親莫如父母，可內敬在心而外肆狂放耶？」余曰：「前言戲之耳。」芸曰：「世間反目多由戲起，後勿冤妾，令人鬱死！」余乃挽之入懷，撫慰之，始解顏爲笑。自此「豈敢」、「得罪」竟成語助詞矣。

註釋

①虛文：毫無意義的禮節。

譯文

我性格直爽，不拘小節，不受羈絆；陳芸則像個書呆子，顯得迂腐拘謹，禮節很多。我偶爾爲她整理衣袖，她一定連聲說「得罪」；有時我遞給她毛巾或扇子，她也一定站起來接過去。我起初很討厭她這樣，就說：「你想要用禮節束縛我嗎？常言說：『禮節過多就虛僞了。』」陳芸兩頰通紅說：「敬重纔能有禮，爲甚麼反說虛僞呢？」我說：「敬重的感情在心中，不表現在虛假的客套。」陳芸說：「最親的人莫過於父母了，然而可以衹在心裏敬重而在行爲上放肆狂妄嗎？」我立即說：「先前說的是玩笑話罷了。」陳芸說：「世間的反目大多都是從玩笑開始的，以後請不要冤枉我了，會讓人鬱悶死的！」我於是把她攬入懷中，安慰她，她纔開顏一笑。從此，我們說話時總是「豈敢」、「得罪」不離口，簡直成了語氣助詞了。

原文 鴻案相莊①廿有三年，年愈久而情愈密。家庭之內，或暗室相逢，窄途邂逅，必握手問曰：「何處去？」私心忒忒②，如恐旁人見之者。實則同行並坐，初猶避人，久則不以爲意。芸或與人坐談，見余至，必起立偏挪其身，余就而並焉。彼此皆不覺其所以然者，始以爲慚，繼成不期然而然。獨怪老年夫婦相視如仇者，不知何意？或曰：「非如是，焉得白頭偕老哉？」斯言誠然歟？

註釋 ①鴻案相莊：夫妻和睦相敬。東漢梁鴻家貧，但爲人很有節操。他的妻子孟光很賢慧，每次給梁鴻送飯時，孟光必然把托盤舉得和眉毛一樣高，表示敬重。《後漢書·梁鴻傳》：「爲人賃舂，每歸，妻爲具食，不敢於鴻前仰視，舉案齊眉。」②忒忒：象聲詞。此處用來形容心臟因激動而劇烈地跳動。《二刻拍案驚奇》卷九：「那邊素梅也自心裏忒忒地，一似小兒放紙炮，又愛又怕。」

譯文 我和陳芸舉案齊眉一共二十三年，時間越長感情越親密。在家中，有時在房中相逢，有時在小徑偶遇，我一定會握著她的手問：「你去哪兒呀？」一顆心暗中早已怦怦亂跳，像害怕被別人見到似的。其實，我們同行並坐，起初還躲著別人，時間長了就不在意了。有時，陳芸與別人坐著談話，看到我來了，一定會起來往旁邊挪動一下，我就在她旁邊坐下。我們兩人都不覺得這樣很對，開始時還爲這種行爲感到慚愧，後來也就習慣並很自然了。我們祇是奇怪有些夫婦年老了，反而像仇人一樣，不知爲何？有人說：「如果不這樣，哪裏能白頭偕老呢？」真的是這樣嗎？

原文 是年七夕，芸設香燭瓜果，同拜天孫①於我取軒中。余鐫「願生生世世爲夫婦」圖章二方，余執朱文②，芸執白文③，以爲往來書信之用。是夜月色頗佳，俯視河中，波光如練，輕羅小扇，並坐水窗，仰見飛雲過天，變態萬狀。芸曰：「宇宙之大，同此一月，不知今日世間，亦有如我兩人之情興否？」余曰：「納涼玩月，到處有之。若品論雲霞，或求之幽閨繡闥④，慧心默證者固亦不少。若夫婦同觀，所品論者恐不在此雲霞耳。」未幾，燭燼月沉，撤果歸臥。

註釋 ①天孫：星名，即織女星，天琴座主星。《史記·天官書》：「婺女，其北織女。織女，天女孫也。」唐司馬貞《索隱》：「織女，天孫也。」②朱文：印章上凸起的文字，因印出的字是紅色的，故稱朱文，也稱陽文。明楊慎《昇庵詩話·石碣陽鐫額》：「三代鐘鼎文有款識，隱起而凸曰款，以象陽；中陷而凹曰識，以象陰，刻之印章，則陽文曰朱文，陰文曰白文。」③白文：指印章上的陰文。明陶宗儀《輟耕錄·印章制度》：「漢晉印章，皆用白文。」④繡閨：裝飾得很華麗的門。唐武元衡《行路難》詩：「風飄雨散今奈何，繡閨雕甍綠苔多。」

【評文】那一年的七夕，陳芸擺設香燭瓜果，和我一起在我取軒中拜織女星。我刻了兩方「願生生世世爲夫婦」的圖章，我拿著朱文的，陳芸拿著白文的，在我們往來的書信中使用。那天晚上月色很美，俯視河中，波光有如絲絹，陳芸手中搖著輕羅扇，與我並坐在水邊的窗前，抬頭看見一片雲飛過天空，變幻萬千。陳芸說：「宇宙這麼大，都在這一片月色下，不知道今天在世間，是否也有像我們兩個這樣的感情和興致的人？」我說：「乘涼賞月的人到處都有。如果說品評和議論雲霞，或深閨繡戶內，聰慧而默默體悟的也不少。若是夫婦一起觀賞，品評議論的深義恐怕就不在雲霞中了。」不一會兒，蠟燭燃燼，月亮也落了下去，我們將果品撤下回房休息。

【原文】七月望①，俗謂鬼節。芸備小酌，擬邀月暢飲。夜忽陰雲如晦，芸愀然②曰：「妾能與君白頭偕老，月輪當出。」余亦索然。但見隔岸螢光，明滅萬點，梳織於柳堤蓼渚③間。余與芸聯句以遣悶懷，而兩韻之後，逾聯逾紕，想入非夷，隨口亂道。芸已漱涎涕淚，笑倒余懷，不能成聲矣。覺其鬢邊茉莉濃香撲鼻，因拍其背，以他詞解之曰：「想古人以茉莉形色如珠，故供助妝壓鬢，不知此花必霑油頭粉面之氣，其香更可愛，所供佛手當退三舍④矣。」

【註釋】①望：每月月圓之日，農曆十五或十六日。②愀然：憂愁的樣子。清王士禛《池北偶談·談獻五·沉文端公》：「從弟某私語公曰：『兄位宰相，蒙恩存問，而群從子侄，濟濟如此，可謂盛矣！』公愀然久之，曰：『弟以爲盛，吾方憂其衰耳。』」③渚：水中的小塊陸地。④退三舍：即退避三舍，指退讓以避免衝突。《國語·晉語四》：「（晉師）退三舍避楚。」

【譯文】七月十五日，俗稱鬼節。陳芸準備了小酌的酒菜，打算對月暢飲。夜裏，忽然烏雲密佈，天空昏暗，陳芸憂傷地說：「我能和你白頭偕老的話，明月就會出現。」我也感到沒有甚麼樂趣。不過看到對岸螢火蟲的光亮，忽明忽滅，有萬點之多，稀疏地分佈在垂柳的堤岸和蓼花的小洲之間。我和陳芸聯句，以排遣心中的憂愁，在聯了兩韻的字後，越聯越無拘無束，想到的都是不尋常的詞句，隨便亂說。陳芸已經滿臉鼻涕眼淚地笑著倒在我懷裏，說不出話了。我聞到她鬢邊插的茉莉濃香撲鼻，於是撫著她的背，轉換了話題說：「大概古人是因爲茉莉的形狀和顏色都像珍珠，所以用它插在鬢上做首飾，卻不知這種花一定要霑上油頭粉面的氣息，香味纔更可愛，你供的佛手都要退避三舍了。」

【原文】芸乃止笑曰：「佛手乃香中君子，祇在有意無意間；茉莉是香中小人，故須借人之勢，其香也如脅肩諂笑①。」余曰：「卿何遠君子而近小人？」芸曰：「我笑君子愛小人耳。」正話間，漏已三滴，漸見風掃雲開，一輪湧出，乃大喜，倚窗對酌。酒未三杯，忽聞橋下哄然一聲，如有人墮。就窗細矚，波明如鏡，不見一物，惟聞河灘有隻鴨急奔聲。余知滄浪亭畔素有溺鬼，恐芸膽怯，未敢即言，芸曰：「噫！此聲也，胡爲乎來哉？」不禁毛骨皆栗，急閉窗，攜酒歸房。一燈如豆，羅帳低垂，弓影杯蛇②，驚神未定。剔燈入帳，芸已寒熱大作。余亦繼之，困頓兩旬。真所謂樂極災生，亦是白頭不終之兆。

註釋

①脅肩諂笑：聳起肩表示恭謹，用奉承的笑容討好別人。《孟子・滕文公下》：「脅肩諂笑，病於夏畦。」②弓影杯蛇：也作「杯弓蛇影」，疑神疑鬼的樣子。

譯文

陳芸於是止住了笑，說：「佛手的香是香中的君子，其味祇在有意無意之間纔能感覺到；茉莉的香是香中的小人，所以纔須要借助人的勢力，其味也像脅肩諂笑。」我說：「那你爲甚麼疏遠君子親近小人呢？」陳芸說：「我就是笑你這個君子喜歡小人啊。」正說著，已經三更了，漸漸見到風吹散了雲，一輪明月當空映照，我們都非常高興，靠著窗對飲。酒還不到三杯，忽然聽到橋下哄然一聲響，像有人掉下去似的。我們仔細地向窗外望去，水面波平如鏡，見不到任何東西，祇聽到河灘那邊有鴨子快速奔跑的聲音。我知道滄浪亭旁淹死過人，擔心陳芸害怕，沒敢立即說出來。陳芸說：「啊！這聲音，是怎麼發出的呢？」我們不禁感到毛骨悚然，急忙關上窗戶，帶著酒回到房中。屋子裏油燈的火苗像豆子一樣大，羅帳低低地垂著，我們杯弓蛇影，受到驚嚇的魂魄還沒有平靜下來。我撥亮了燈，與陳芸到帳中，她已經發起高燒了，我續她後也發起高燒，難受了二十天纔好。這真是人們所說的歡樂到極點災難就會發生，也是我們不能白頭偕老的徵兆。

原文 中秋日，余病初愈。以芸半年新婦，未嘗一至間壁之滄浪亭，先令老僕約守者勿放閒人。於將晚時，偕芸及余幼妹，一嫗一婢扶焉，老僕前導，過石橋，進門折東，曲徑而入。疊石成山，林木蔥翠，亭在土山之巔。循級至亭心，周望極目可數里，炊煙四起，晚霞爛然。隔岸名「近山林」，爲大憲①行臺②宴集之地，時正誼書院猶未啟也。攜一毯設亭中，席地環坐，守者烹茶以進。少焉，一輪明月已上林梢，漸覺風生袖底，月到波心，俗慮塵懷，爽然頓釋。芸曰：「今日之遊樂矣！若駕一葉扁舟，往來亭下，不更快

哉！」時已上燈，憶及七月十五夜之驚，相扶下亭而歸。吳俗，婦女是晚不拘大家小戶皆出，結隊而遊，名曰「走月亮」。滄浪亭幽雅清曠，反無一人至者。

註釋 ①大憲：明代將從三品巡撫稱爲大憲台，在清代是對總督或巡撫的稱呼。②行臺：古代出征時在所駐地設立的代表中央的政務機構，也指舊時地方高級官員的官署和住所。

譯文 中秋節那天，我的病剛好。因爲陳芸已經嫁過來半年了，還沒有去過隔壁的滄浪亭。我就先命老僕人去那裏，和看守者約好不放閒人進去。在天色將晚的時候，我帶著陳芸和我的小妹妹，由一個老婆子和一個丫鬟扶著，老僕人在前邊引導，走過石橋，進門東轉，沿著曲折的小路走進去。石塊堆疊成山，林木蔥蘢蒼翠，滄

浪亭就在土山最高處。順著階梯來到亭中，向四周望去，可以看到幾里內的風景，不遠處炊煙四起，晚霞十分燦爛。岸那邊名叫「近山林」，是地方長官和朝廷使者宴飲相聚的地方，當時正誼書院還沒有開。將帶來的毯子鋪在亭子裏，我們幾人圍了一圈坐在地上，看守者烹了茶端給我們。不一會兒，一輪明月已經昇到樹梢上，我們漸漸覺得涼風吹拂著衣袖，明月映在波心，世俗的憂慮和凡塵的情懷，都十分清爽地一下子消除了。陳芸說：「今天的遊玩真是高興啊！如果駕著一葉扁舟，往來於亭下，不就更痛快了嗎！」這時已經上燈了，想起七月十五日夜裏受到的驚嚇，我們就相扶著從亭子上下來回去了。吳地的風俗是，在這天晚上，不論大家還是小戶的婦女都從家裏出來，結隊遊玩，叫作「走月亮」。滄浪亭幽靜、雅致、清靜、空曠，反而沒有一個人來。

原文　吾父稼夫公喜認義子，以故余異姓弟兄有二十六人。吾母亦有義女九人，九人中王二姑、俞六姑與芸最和好。王癡憨善飲，俞豪爽善談。每集，必逐余居外，而得三女同榻，此俞六姑一人計也。余笑曰：「俟妹于歸後，我當邀妹丈來，一住必十日。」俞曰：「我亦來此，與嫂同榻，不大妙耶？」芸與王微笑而已。

時爲吾弟啟堂娶婦，遷居飲馬橋之倉米巷，屋雖宏暢①，非復滄浪亭之幽雅矣。

註釋　①宏暢：寬敞。

譯文　我的父親稼夫公喜歡認乾兒子，所以我有二十六個異姓兄弟。我母親也有九個乾女兒，其中王二姑、俞六姑和陳芸關係最好。王二姑天真憨厚，善飲酒；俞六姑豪邁爽快，善言談。每次她們在一起，一定把我趕到屋外，她們三個人就可以睡一張床了，這是俞六姑一個人的主意。我笑著說：「等妹妹出嫁後，我會請妹夫來，一住必定要十天。」俞六姑說：「我也來，和嫂子睡一張床，豈不妙極了？」陳芸和王二姑祇是微笑而已。

那時爲給我的弟弟啟堂娶媳婦，我們搬到馬橋的米倉巷居住，房屋雖然高大通暢，卻再也沒有滄浪亭的幽靜雅致了。

原文 吾母誕辰演劇，芸初以爲奇觀。吾父素無忌諱，點演《慘別》①等劇，老伶刻畫，見者情動。余窺簾見芸忽起去，良久不出，入內探之，俞與王亦繼至。見芸一人支頤獨坐鏡奩②之側，余曰：「何不快乃爾？」芸曰：「觀劇原以陶情，今日之戲徒令人斷腸耳。」俞與王皆笑之。余曰：「此深於情者也。」俞曰：「嫂將竟日獨坐於此耶？」芸曰：「俟有可觀者再往耳。」王聞言先出，請吾母點《刺梁》③、《後索》④等劇，勸芸出觀，始稱快。

註釋 ①《慘別》：以明初建文帝城破出走的故事爲內容。②奩：古代用來盛梳妝用品的匣子。③《刺梁》：傳奇《漁家樂》中的一齣，作者是清代戲曲家朱佐朝。④《後索》：傳奇《後尋親記》中的一齣，作者是清代戲曲家姚子懿。

譯文 我母親壽誕時，家裏唱堂會演戲，陳芸起初以爲會有不尋常的見聞。我父親沒甚麼忌諱，點了《慘別》等戲，由老演員出演，觀看的人都很動情。我不經意間看見陳芸忽然起身離去，好長時間也不出來，就到房中尋她，俞六姑和王二姑隨後也來了。我們看見陳芸一個人以手支腮坐在梳妝檯旁，我說：「爲甚麼這麼不高興啊？」陳芸說：「看戲本是爲了陶冶性情，可是今天的戲祇能令人斷腸罷了。」俞六姑和王二姑都笑話她。我說：「這就是重感情的人啊。」俞六姑說：「嫂子要一整天獨自坐在這裏嗎？」陳芸說：「等有好看的戲再出去吧。」王二姑聽後就先出去了，請我的母親點了《刺梁》、《後索》等戲，勸陳芸出來看，陳芸纔說好。

原文 余堂伯父素存公早亡，無後，吾父以余嗣焉。墓在西跨塘福壽山祖塋之側，每年春日，必挈芸拜掃。王二姑聞其地有戈園之勝，請同往。芸見地下小亂石有苔紋，斑駁可觀，指示余曰：「以此疊盆山①，較宣州白石爲古致。」余曰：「若此者恐難多得。」王曰：「嫂果愛此，我爲拾之。」即向守墳者借麻袋一，鶴步而拾之。每得一塊，余曰「善」，即收之；余曰「否」，即去之。未幾，粉汗盈盈，拽袋返曰：「再拾則力不勝矣。」

註釋 ①盆山：盆景。

譯文 我的堂伯父素存公去世得早，沒有後代，我父親就把我過繼給他了。他的墓在西跨塘福壽山祖墳旁，每年春天，我都一定會帶著陳芸去拜掃。王二姑聽說那裏有個名勝叫戈園，就請求和我們一起去。陳芸看見地上小塊的亂石上有苔紋，斑駁可見，指著對我說：「用這種石頭堆疊盆景，比宣州白石更爲古致。」我說：「像這樣的石頭恐怕找不到許多吧。」王二姑說：「嫂子要是喜歡，我替你撿。」然後，她就向守墳的人借了一個麻袋，像傴鶴一樣彎著腰邁著步子邊走邊撿。每發現一塊，我說「好」，她就收起來；說「不好」，就扔掉。不一會兒，她就出了許多汗，拖著麻袋回來說：「沒有力氣再撿了。」

原文 芸且揀且言曰：「我聞山果收穫，必借猴力，果然。」王憤撮十指作哈癢狀，余橫阻之，責芸曰：「人勞汝逸，猶作此語，無怪妹之動憤也。」歸途遊戈園，稚綠嬌紅，爭妍競媚。王素憨，逢花必折，芸叱曰：「既無瓶養，又不簪戴，多折何爲？」王曰：「不知痛癢者，何害？」余笑曰：「將來罰嫁麻面多鬚郎，爲花泄忿。」王怒余以目，擲花於地，以蓮鉤①撥入池中，曰：「何欺侮我之甚也！」芸笑解之而罷。

註釋 ①蓮鉤：指女人的小腳。

譯文 陳芸一邊撿一邊說：「我聽說收穫山中的果子，一定要借助猴子的力量，果然是這樣。」王二姑很生氣的樣子，用力撮十指，作出要哈陳芸癢的樣子，我橫在她們當中阻擋著，責備陳芸：「人家辛勞，你卻安逸，還說這種話，不怪妹妹生氣啊。」回來的路上，我們遊覽了戈園，枝頭是稚嫩的綠葉和嬌豔的紅花，爭奇鬥豔。王二姑一向憨直，見到花就折，陳芸責怪她道：「既沒有花瓶養，也不用來簪戴，多折了做甚麼？」王二姑說：「花是不知痛癢的東西，折了又有甚麼壞處呢？」我笑著說：「將來就罰你嫁個一臉麻子長滿鬍子的郎君，爲這些花出氣。」王二姑怒氣衝衝地瞪著我，把花扔在地上，用她如蓮花瓣一樣的腳把花撥到池子裏，說：「爲甚麼這麼過分地欺負侮辱我啊！」陳芸笑著解勸，她纔作罷。

原文 芸初緘默，喜聽余議論。余調其言，如蟋蟀之用纖草，漸能發議。其每日飯必用茶泡，喜食芥滷乳腐，吳俗呼爲臭乳腐，又喜食蝦滷瓜。此二物余生平所最惡者，因戲之曰：「狗無胃而食糞，以其不知臭穢；蜣螂團糞而化蟬①，以其欲修高舉也。卿其狗耶？蟬耶？」芸曰：「腐取其價廉而可粥可飯，幼時食慣，今至君家已如蜣螂化蟬，猶喜食之者，不忘本也；至滷瓜之味，到此初嘗耳。」余曰：「然則我家系狗竇②耶？」

註釋 ①「蜣螂」句：蜣螂，俗稱屎殼郎，是一種大中型昆蟲，多數以動物糞便爲食。蟬的幼蟲潛伏在地下，古人沒有見過蟬的幼蟲是如何到達地下的，誤以爲蟬是由蜣螂或金龜子的幼蟲變化而來的。②狗竇：狗洞。

譯文 陳芸開始時不怎麼說話，喜歡傾聽我的議論。我逗著她說話，就像用細草逗蟋蟀，她漸漸能發表議論了。她每天的飯一定要用茶泡著喫，喜歡喫芥滷腐乳，吳地習慣稱此物臭乳腐，她還喜歡喫滷瓜。這是我生平最討厭的兩種東西，於是就和她開玩笑說：「狗沒有胃而喫糞，是因爲它不知糞又臭又髒；蜣螂把糞團成球而化爲蟬，是因爲它要修煉得能高飛。你是狗還是蟬呢？」陳芸說：「芥滷腐乳的好處是價格便宜，喫粥和喫飯時都可以喫，從小就喫慣了，如今嫁到你家，我已經從蜣螂變成蟬了，還喜歡喫的原因是不忘本；至於滷瓜的味道，是來這裏後纔嚐到的。」我說：「這樣我家豈不成了狗洞了？」

原文 芸窘而強解曰：「夫糞，人家皆有之，要在食與不食之別耳。然君喜食蒜，妾亦強啖之。腐不敢強，瓜可掩鼻略嘗，入咽當知其美，此猶無鹽①貌醜而德美也。」余笑曰：「卿陷我作狗耶？」芸曰：「妾作狗久矣，屈君試嘗之。」以箸強塞余口。余掩鼻咀嚼之，似覺脆美，開鼻再嚼，竟成異味，從此亦喜食。芸以麻油加白糖少許拌滷腐，亦鮮美；以滷瓜搗爛拌滷腐，名之曰雙鮮醬，有異味。余曰：「始惡而終好之，理之不可解也。」芸曰：「情之所鍾，雖醜不嫌。」

註釋 ①無鹽：傳說故事中的人物，姓鍾離，名春，齊國無鹽邑人，貌醜有德，被齊宣王立爲后。

譯文 陳芸很尷尬地勉強解釋說：「糞是每家都有的，關鍵在於喫或不喫而已。不過你喜歡喫蒜，我也就勉強喫些。我不敢勉強你喫芥滷腐乳，滷瓜卻可以捏著鼻子少嚐一點，咽下去就會知道它的美味了，這就像無鹽雖然長得醜陋卻有德啊。」我笑著說：「你要騙我作狗嗎？」陳芸說：「我作狗已經很久了，委屈你試著嚐嚐。」她用筷子夾著硬塞到我口中。我捂著鼻子咀嚼著，覺得很脆，味道也好，鬆開鼻子再嚼，竟然就是另一種味道了，從此也喜歡喫滷瓜了。陳芸用麻油加少許白糖拌滷腐，味道也十分鮮美；將滷瓜搗爛拌滷腐，起名叫雙鮮醬，味道又不同。我說：「開始討厭最終又喜歡，在道理上無法解釋啊。」陳芸説：「鍾情之物，再醜也不嫌。」

原文 余啟堂弟婦，王虛舟①先生孫女也，催妝②時偶缺珠花，芸出其納采所受者呈吾母，婢嫗旁惜之，芸曰：「凡爲婦人，已屬純陰，珠乃純陰之精，用爲首飾，陽氣全克矣，何貴焉？」而於破書殘畫反極珍惜：書之殘缺不全者，必搜集分門，匯訂成帙③，統名之曰「繼簡殘編」；字畫之破損者，必覓故紙粘補成幅，有破缺處，倩④予全好而捲之，名曰「棄餘集賞」。於女紅中饋⑤之暇，終日瑣瑣，不憚煩倦。芸於破笥爛卷中，偶獲片紙可觀者，如得異寶。舊鄰馮嫗每收亂卷賣之。

註釋 ①王虛舟：清代書法家王澍，江蘇金壇人，字若霖，也作箬林、若林，號虛舟，亦自署二泉寓居，別號竹雲。②催妝：一種婚姻禮儀。女方出嫁前，男方必須多去催促，還要提前兩天下催妝禮。結婚當日，女方家裏不開門，男方要在門外吹催妝曲，放催妝炮，遞開門封。宋孟元老《東京夢華錄·娶婦》：「先一日，或是日早，下催妝冠帔花粉。」③帙：書的卷冊。④倩：請。⑤中饋：指家中供膳諸事，由家中的婦女負責。《周易·家人卦》：「無攸遂，在中饋。」孔穎達疏：「婦人之道……其所職，主在於家中饋食供祭而已。」

譯文 我啟堂弟的妻子是王虛舟先生的孫女，催妝的時候忽然發現缺少珠花，陳芸就拿出她接受彩禮時的珠花遞給我母親，丫鬟婆子都在一旁感到可惜。陳芸説：「凡是婦人，已經屬於純陰了，珍珠是純陰的精華，用來做首飾，陽氣全被克掉了，有甚麼珍貴的呢？」然而，她對破書殘畫卻極爲珍惜：遇到殘缺不全的書籍，她一定會搜集起來，分門別類，匯總訂成卷冊，統一命名爲「繼簡殘編」；遇到破損的字畫，她一定會找到舊的紙張將其補成完整的畫幅，有破損缺失的地方，就請我修好再捲起來，命名爲「棄餘集賞」。在女紅和做飯之外的閒暇時間，她就整天做這些瑣碎的事，也不怕厭煩疲倦。陳芸在破匣子和爛書堆裏，偶爾得到一兩片值得看的紙片，就好像得到了奇異的珍寶。老鄰居馮老太太經常收集一些亂七八糟的書賣給她。

原文 其癖好與余同，且能察眼意，懂眉語，一舉一動，示之以色，無不頭頭是道。余嘗曰：「惜卿雌而伏①，苟能化女爲男，相與訪名山，搜勝跡，遨遊天下，不亦快哉！」芸曰：「此何難，俟妾鬢斑之後，雖不能遠遊五嶽，而近地之虎阜、靈岩，南至西湖，北至平山，盡可偕遊。」余曰：「恐卿鬢斑之日，步履已艱。」芸曰：「今世不能，期以來世。」余曰：「來世卿當作男，我爲女子相從。」芸曰：「必得不昧今生，方覺有情趣。」

註釋 ①雌而伏：像雌鳥一樣伏著，與「雄而飛」相對。也比喻退隱不進，無所作爲。這裏指代女人。

譯文 陳芸的癖好與我相同，並且能觀察看懂我用眉眼傳達的意思，一舉一動，用神色暗示她，沒有不辨得頭頭是道的。我曾説：

「可惜你是個女子，如果能變成男子，我們一起探訪名山，搜尋勝跡，遍遊天下，豈不是很痛快嗎！」陳芸說：「這有何難，等我兩鬢斑白後，雖然不能到五嶽那麼遠的地方去，但是近外的虎阜、靈岩，向南到西湖，向北到平山，都可以陪你去。」我說：「恐怕你兩鬢斑白的時候，走路就很喫力了。」陳芸說：「今生不行，就期盼來生吧。」我說：「來生應該你作男子，我作女子跟著你。」陳芸說：「那也一定不要忘了今生的事，纔會覺得有趣。」

原文 余笑曰：「幼時一粥猶談不了，若來世不昧今生，合巹之夕，細談隔世，更無合眼時矣。」芸曰：「世傳月下老人①專司人間婚姻事，今生夫婦已承牽合，來世姻緣亦須仰借神力，盍繪一像祀之？」時有苕溪戚柳堤，名遵，善寫人物。倩繪一像：一手挽紅絲，一手攜杖懸姻緣簿，童顏鶴髮，奔馳於非煙非霧中。此戚君得意筆也。友人石琢堂爲題讚語於首，懸之内室，每逢朔②望，余夫婦必焚香拜禱。後因家庭多故，此畫竟失所在，不知落在誰家矣。「他生未卜此生休③」，兩人癡情，果邀神鑒耶？

註釋 ①月下老人：神話傳說中主管婚姻的神，後來也指媒人。唐李復言《續幽怪錄》載，唐朝的韋固路過宋城，看到一位老人在月光下翻檢一本書，經詢問纔知道老人是專管人間婚姻的神，那本書就是婚姻簿子。老人有一布囊，又問囊中何物，老人說是紅線，繫在一男一女足上，必成夫妻。②朔：農曆每月初一。③他生未卜此生休：唐李商隱《馬嵬》詩：「海外徒聞更九州，他生未卜此生休。」

譯文

我笑道：「小時候的一碗粥我們還談起來沒完呢，如果來生還不忘今生的事，成親的晚上，詳細地談前生，更沒有睡覺的時間了。」陳芸說：「世人傳說，月下老人專管人間的婚姻，今生我們已經承蒙他牽線成爲夫妻了，來生的姻緣還要仰仗他的神力啊，何不畫一幅月下老人的畫像祭祀他呢？」當時苕溪有一位姓戚名遵字柳堤的畫家，善畫人物。我們就請他畫了一幅月下老人像：畫上的月下老人一手挽著紅絲，一手提著拐杖，上面還掛著姻緣簿，他童顏鶴髮，在非煙非霧中奔走。這幅畫可是戚君的得意之作。我的朋友石琢堂在畫上題了讚語，我把畫掛在屋中，每逢初一、十五，我們夫妻兩個一定會焚香禮拜祈禱。後來因爲家庭發生了很多變故，這幅畫竟然失蹤了，不知道落在了誰家。「他生未卜此生休」，兩個人的癡情，真的能請神僊鑒證嗎？

原文

還倉米巷，余顏其臥樓曰「賓香閣」，蓋以芸名而取如賓意也。院窄牆高，一無可取。後有廂樓，通藏書處，開窗對陸氏廢園，但有荒涼之象。滄浪風景，時切芸懷。有老嫗居金母橋之東，埂巷之北，繞屋皆菜圃，編籬爲門，門外有池約畝許，花光樹影，錯雜籬邊，其地即元末張士誠[1]王府廢基也。屋西數武[2]，瓦礫堆成土山，登其巔可遠眺，地曠人稀，頗饒野趣。嫗偶言及，芸神往不置，謂余曰：「自別滄浪，夢魂常繞，今不得已而思其次，其老嫗之居乎？」余曰：「連朝秋暑灼人，正思得一清涼地以消長晝，卿若願往，我先觀其家可居，即襆被[3]而往，作一月盤桓何如？」

註釋 ①張士誠：小名九四，東臺白駒場（今江蘇大豐南）人，出身鹽販，元末明初的義軍領袖與地方割據勢力之一。至正十四年（一三五四年）正月，張士誠在高郵稱誠王，建國號大周，後被朱元璋俘獲，自縊而死。②武：半步。③襆被：襆同「襆」，用包袱裹束。襆被，即用袱子包裹衣被，爲出行做準備。

譯文 遷居到倉米巷後，我給我們臥室所在的那個樓題個了樓名叫「賓香閣」，就是因爲陳芸名字中的「芸」是一種香草，取與她相敬如賓的意思。新住處的院子很窄，院牆很高，沒有任何可取之處。樓後有廂樓，通往藏書的地方，打開窗，對面就是陸家荒廢的園子，衹有荒涼的景象。滄浪亭的風景，總是令陳芸很懷念。有個老太婆住在金母橋的東邊，埂巷的北邊，屋子四周被菜圃環繞，院牆和院門是用籬笆編的，門外有個池塘，大小在一畝，花的光彩和樹的蔭影在籬笆牆邊交錯，這個地方就是已經荒廢了的元末張士誠王府的原址。屋子西邊不遠，有一座瓦礫堆成的土山，登上山頂可以向遠處望。遠處土地空曠，人煙稀少，真是很有野趣。那位老太婆偶爾說了一次，陳芸便十分神往，不能忘卻，對我說：「自從離開了滄浪亭，那裏的一切經常在夢中縈繞，現在不得已而求其次，那位老太婆的房子如何呢？」我說：「連日來秋天的暑氣烤得人很是難受，我也正想找一個清涼的地方打發這長長的白天，你如果想去，我先看看，她家如果能住，就收拾行李去消遣一月如何？」

原文 芸曰：「恐堂上①不許。」余曰：「我自請之。」越日至其地，屋僅二間，前後隔而爲四，紙窗竹榻，頗有幽趣。老嫗知余意，欣然出其臥室爲賃，四壁糊以白紙，頓覺改觀。於是稟知吾母，挈芸居焉。鄰僅老夫婦二人，灌園爲業，知余夫婦避暑於此，先來通慇懃，並釣池魚、摘園蔬爲饋，償其價，不受，芸作鞋報之，始謝而受。時方七月，綠樹陰濃，水面風來，蟬鳴聒耳。鄰老又爲製魚竿，與芸垂釣於柳陰深處。日落時登土山觀晚霞夕照，隨意聯吟，有「獸雲吞落日，弓月彈流星」之句。

註釋 ①堂上：尊長居處的地方，代指父母。

譯文 陳芸說：「恐怕母親不允許啊。」我說：「我自會去求。」過了一天，我到那裏看了看，房屋衹有兩間，前後相隔成爲四間，紙糊的窗，竹做的床，頗有些幽雅的趣味。老太婆知道我的意思，很高興地把她的臥室租給我，在四面的牆上糊了白紙，一下子覺得大有改觀。

於是我向母親稟明，帶著陳芸前往居住。鄰居衹有老夫婦兩個人，以澆灌菜園爲生，知道我們夫婦到這裏避暑，就先來慇懃地打招呼，還釣了池塘裏的魚、摘了園子裏的蔬菜送給我們，我按價給錢，他們卻不要，陳芸做了鞋送給他們，他們纔道謝收下了。當時正是七月，樹木枝葉繁茂，樹下很蔭涼，水面不時吹來陣陣清風，一聲聲蟬鳴傳入耳中。鄰居家的老人又爲我們做了漁竿，我和陳芸在柳樹樹蔭的深處垂釣。日落時分，我們登上土山觀賞晚霞夕照，自在地聯詩吟句，曾聯出「獸雲吞落日，弓月彈流星」的詩句。

原文

少焉月印池中，蟲聲四起，設竹榻於籬下，老嫗報酒溫飯熟，遂就月光對酌，微醺而飯。浴罷則涼鞋蕉扇，或坐或臥，聽鄰老談因果報應事。三鼓歸臥，周體清涼，幾不知身居城市矣。籬邊倩鄰老購菊，遍植之。九月花開，又與芸居十日。吾母亦欣然來觀，持螯對菊，賞玩竟日。芸喜曰：「他年當與君卜築①於此，買繞屋菜園十畝，課僕嫗，植瓜蔬，以供薪水②。君畫我繡，以爲詩酒之需。布衣菜飯，可樂終身，不必作遠遊計也。」余深然之。今即得有境地，而知己淪亡，可勝浩歎！

註釋

①卜築：選擇地方建造住宅。②薪水：柴和水。借指生活必需品。《魏書·盧玄傳》：「若實有此，卿可量朐山薪水得支幾時……如薪水少急，即可量計。」

譯文

不一會兒，月亮倒映在池中，四面響起了蟲鳴，在籬笆下設一竹榻，老太婆來告訴我們酒已溫好，飯已煮熟，於是我和陳芸就在月光下對飲，剛有點醉意的時候就喫飯。沐浴之後，就穿著涼鞋，搖著芭蕉扇，或坐著或躺著，聽鄰居老人談因果報應的事。三更的時候回房休息，全身上下都覺得很清涼，幾乎忘了是住在城市中了。請鄰居老人幫忙買了菊花種子，把籬笆邊的地都種滿了。九月菊花開了，又與陳芸住了十天。我母親也很高興地前來賞花，邊喫螃蟹邊看，賞玩了一整天。陳芸高興地說：「將來要和你一起在這裏選個地方定居，在屋子周圍買十畝地做菜園，督促僕人種植瓜果蔬菜，提供生活的費用。你作畫我刺繡，用來換酒錢。穿布衣，喫普通的飯菜，快樂地過完這一輩子，不需要遠行出遊的計劃了。」我心中十分贊同。如今即使得到這樣的地方，然而知己已經不在了，讓我怎麼承受這樣的感傷啊！

原文　離余家半里許，醋庫巷有洞庭君祠，俗呼水仙廟。回廊曲折，小有園亭。每逢神誕，衆姓各認一落，密懸一式之玻璃燈，中設寶座，旁列瓶几，插花陳設，以較勝負。日惟演戲，夜則參差高下，插燭於瓶花間，名曰「花照」。花光燈影，寶鼎香浮，若龍宮夜宴。司事者或笙簫歌唱，或煮茗清談，觀者如蟻集，簷下皆設欄爲限。余爲衆友邀去插花佈置，因得躬逢其盛。歸家向芸豔稱之，芸曰：「惜妾非男子，不能往。」余曰：「冠我冠，衣我衣，亦化女爲男之

法也。」於是易髻爲辮，添掃蛾眉；加余冠，微露兩鬢，尚可掩飾；服余衣，長一寸又半；於腰間折而縫之，外加馬褂。芸曰：「腳下將奈何？」余曰：「坊間有蝴蝶履，小大由之，購亦極易，且早晚可代撒鞋①之用，不亦善乎？」芸欣然。

註釋　①撒鞋：拖鞋。

譯文　離我家大約半里遠的醋庫巷有座洞庭君祠，俗稱水僊廟。那裏的回廊曲曲折折，也有一些園林亭臺。每年到了神僊的壽誕，各家就分別定下回廊中的一間，密密地掛起統一式樣的玻璃燈，在中間設置寶座，旁邊擺列几案，上面放花瓶，插鮮花比較勝負。白天衹是演戲，夜裏則將蠟燭參差不齊地插到花瓶中，起名叫「花

照」。花在燈光下爭豔，寶鼎中浮動著香氣，好像龍宮的夜宴。管事的人有的吹奏笙簫唱歌，有的烹茶清談，圍觀的人像螞蟻一樣聚集過來，屋簷下都用欄杆劃定了範圍。我被朋友們請去插花並幫忙佈置，所以親自看到了這樣的盛典。我回家後對陳芸做了描述，陳芸說：「可惜我不是男子，不能去。」我說：「戴我的帽子，穿我的衣裳，也是女扮男裝的方法啊。」於是她就把頭髮編成辮子，把細眉描粗；戴上我的帽子，兩邊的鬢角稍微有一點露出，還掩飾得住；她穿上的我衣服，長了一寸半，就在腰間折起來縫上，在外面穿了馬褂。陳芸說：「腳下怎麼辦呢？」我說：「街上有賣蝴蝶履的，腳大腳小都能穿，而且早晨和晚上還可以代替拖鞋，不也很好嗎？」陳芸高興地同意了。

原文

及晚餐後，裝束既畢，傚男子拱手闊步者良久，忽變卦曰：「妾不去矣，爲人識出既不便，堂上聞之又不可。」余慫恿曰：「廟中司事者誰不知我，即識出亦不過付之一笑耳。吾母現在九妹丈家，密去密來，焉得知之。」芸攬鏡自照，狂笑不已。余強挽之，悄然徑去，遍遊廟中，無識出爲女子者。或問何人，以表弟對，拱手而已。最後至一處，有少婦幼女坐於所設寶座後，乃楊姓司事者之眷屬也。芸忽趨彼通款曲[1]，身一側，而不覺一按少婦之肩，旁有婢媼怒而起曰：「何物狂生，不法乃爾！」余欲爲措詞掩飾，芸見勢惡，即脫帽翹足示之曰：「我亦女子耳。」相與愕然，轉怒爲歡，留茶點，喚肩輿[2]送歸。

註釋 ①款曲：誠摯的心意。②肩輿：轎子。

譯文 喫過晚飯，裝扮完了，她學了好長時間男子拱手作揖和邁大步走的樣子，忽然改變了主意說：「我不去了吧，被別人認出既不方便，被母親聽到就糟了。」我慫恿她說：「廟裏那些管事的誰不認識我呀，就算被認出也不過笑笑罷了。母親現在在九妹夫家，我們偷偷地去偷偷地回，她怎麼能知道呢。」陳芸對著鏡子看自己，大笑起來沒完。我硬拉著她，悄悄地徑直去了，遊遍了整個廟，沒有人認出她是女子。有人問這是誰，我就說是我表弟，也衹是互相拱拱手而已。最後到了一個地方，所設的寶座後坐著一些少婦和小姑娘，是姓楊的管事家的女眷。陳芸到她們那邊致意，身子一歪，不經意地按了一下那少婦的肩，旁邊的丫鬟僕婦生氣地站起

來說：「你這狂妄之徒，甚麼東西，如此不守規矩！」我正想用甚麼話掩飾一下，陳芸見形勢不好，馬上脫下帽子抬起腳示意說：「我也是女子呀。」那幾個人都很驚訝，由生氣轉爲高興，留下我們喝茶喫點心，還叫了一頂轎子把陳芸送了回去。

原文 吴江①錢師竹病故，吾父信歸，命余往弔。芸私謂余曰：「吴江必經太湖，妾欲偕往，一寬眼界。」余曰：「正慮獨行踽踽②，得卿同行，固妙，但無可託詞耳。」芸曰：「託言歸寧。君先登舟，妾當繼至。」余曰：「若然，歸途當泊舟萬年橋下，與卿待月乘涼，以續滄浪韻事。」時六月十八日也。是日早涼，攜一僕先至胥江渡口，登舟而待，芸果肩輿至。解維出虎嘯橋，漸見風帆沙鳥，水天一色。芸

曰：「此即所謂太湖耶？今得見天地之寬，不虛此生矣！想閨中人有終身不能見此者！」

註釋 ①吴江：位於太湖旁，江蘇省最南端。②踽踽：一個人走路很孤單的樣子。

譯文 吴江的錢師竹因病去世了，我父親寄信回來，讓我去弔唁。陳芸私下裏對我說：「去吴江必定經過太湖，我想和你一起去，開闊一下眼界。」我說：「我正爲一個人去路上孤單發愁呢，能和你一起去，當然妙極了，衹是沒有藉口啊。」陳芸說：「我就以回娘家爲藉口吧。你先上船，我隨後就來。」我說：「如果是這樣，歸來的時候應當停船萬年橋下，與你乘涼，等月亮昇起，以延續滄浪亭的雅事。」六月十八日那天，早晨天氣有些涼，我帶著一個僕人先到胥江渡口，上船等待，陳芸果然坐著轎子來了。解開纜繩駛出虎嘯橋，漸漸看見風帆和沙鳥，水天連成一色。陳芸說：「這就是人們說的太湖嗎？今天得以見到天地之間的寬廣，此生沒有虛度啊！想想閨中的女子有很多一輩子都見不到呢！」

原文 閒話未幾，風搖岸柳，已抵江城。余登岸拜奠畢，歸視舟中洞然，急詢舟子。舟子指曰：「不見長橋柳陰下，觀魚鷹捕魚者乎？」蓋芸已與船家女登岸矣。余至其後，芸猶粉汗盈盈，倚女而出神焉。余拍其肩曰：「羅衫汗透矣！」芸回首曰：「恐錢家有人到舟，故暫避之。君何回來之速也？」余笑曰：「欲捕逃耳。」於是相挽登舟，返棹至萬年橋下，陽烏①猶未落也。舟窗盡落，清風徐來，紈扇羅衫，剖瓜解暑。少焉霞映橋紅，煙籠柳暗，銀蟾②欲上，漁火滿江矣。命僕至船梢與舟子同飲。

註釋 ①陽烏：神話傳說中太陽裏有三足烏，也以之代指太陽。②銀蟾：傳說月亮中有蟾蜍，故以「銀蟾」作爲月亮的別稱。唐白居易《中秋月》詩：「照他幾許人腸斷，玉兔銀蟾遠不知。」

評文 正閒聊著，已經看到風吹著岸邊的柳樹，到達江城了。我上岸拜奠完，回到船中，卻發現船空空的，急忙向船夫詢問。船夫用手指著說：「沒看見長橋柳樹蔭下看魚鷹捉魚的人嗎？」原來陳芸已經和船家的女兒上岸了。我走到她們後面，陳芸還是一身香汗，倚著魚家女看得出神。我拍了拍她的肩膀說：「羅衫已經被汗濕透了！」陳芸回過頭來說：「我擔心錢家來人到船上，所以暫時躲避一下。你怎麼回來得這麼快呀？」我笑著說：「想回來抓逃犯呀。」於是，我們挽著手上了船，返回萬年橋下，太陽還沒有落山。船上的窗都落了下來，清風緩緩吹來，手執紈扇，身著羅衫，切開瓜喫著解暑氣。很快，晚霞映紅了橋，煙霧籠罩下來，垂柳漸漸隱沒，月亮就要昇起來了，江面上到處都是漁火。我命僕從到船梢和船夫一起喝酒。

原文 船家女名素雲，與余有杯酒交，人頗不俗，招之與芸同坐。船頭不張燈火，待月快酌，射覆爲令。素雲雙目閃閃，聽良久，曰：「觴政①儂頗嫻習，從未聞有斯令，願受教。」芸即譬其言而開導之，終茫然。余笑曰：「女先生且罷論，我有一言作譬，即了然矣。」芸曰：「君若何譬之？」

余曰：「鶴善舞而不能耕，牛善耕而不能舞，物性然也。先生欲反而教之，無乃勞乎？」素雲笑捶余肩曰：「汝罵我耶！」芸出令曰：「祇許動口，不許動手。違者罰大觥。」

註釋 ①觴政：酒令。漢劉向《說苑・善説》：「魏文侯與大夫飲酒，使公乘不仁爲觴政。」

譯文 船家的女兒名叫素雲，與我有喝過酒的交情，爲人很是不俗，我叫她來和陳芸坐在一起。船頭沒有點燈，邊等月亮昇起邊痛快地飲酒，以射覆爲酒令。素雲兩隻眼睛一閃一閃的，聽了很久，說：「行酒令我也很嫺熟，卻從來沒聽過這樣的酒令，希望你能指教。」陳芸聽了就給她講解，她卻始終沒有聽懂。我笑著說：「女先生先不要講了，我用一句話打個比方，就明白了。」陳芸說：「你用甚麼打比方？」我說：「僊鶴善於舞蹈卻不會耕地，牛善於耕地卻不會舞蹈，事物的本性就是這樣，先生你想違其本性來教，不是徒勞嗎？」素雲一邊笑一邊捶我的肩說：「你罵我呢！」陳芸宣佈：「祇許動口，不許動手。違反的人罰一大觥酒。」

原文 素雲量豪，滿斟一觥，一吸而盡。余曰：「動手但準摸索，不準捶人。」芸笑挽素雲置余懷，曰：「請君摸索暢懷。」余笑曰：「卿非解人①，摸索在有意無意間耳，擁而狂探，田舍郎之所爲也。」時四鬢所簪茉莉，爲酒氣所蒸，雜以粉汗油香，芳馨透鼻，余戲曰：「小人臭味充滿船頭，令人作嘔。」素雲不禁握拳連捶曰：「誰教汝狂嗅耶？」芸呼曰：「違令，罰兩大觥！」素雲曰：「彼又以小人罵我，不應捶耶？」芸曰：「彼之所謂小人，蓋有故也。請乾此，當告汝。」

註釋 ①解人：善解人意的人。《世說新語・文學》：「非但能言人不可得，正索解人亦不得。」

譯文 素雲酒量很大，滿滿斟了一觥，一口氣喝了下去。我說：「動手也衹許摸索，不許捶人。」陳芸笑著拉過素雲推在我懷裏說：「請你痛痛快快地摸索吧。」我笑著說：「你不是善解人意的人，摸索要在有意無意之間纔好，摟著亂摸一氣，就是田間農夫的行爲了。」當時，她們兩人鬢邊插著的茉莉被酒氣熏過，與汗香以及頭油的香氣混合在一起，芳香直透鼻孔，我開玩笑地說：「船頭上滿是小人的臭味，讓人噁心。」素雲忍不住握起拳頭連捶了我幾下，說：「誰讓你一個勁兒地聞了？」陳芸大聲說：「違令，罰兩大觥！」素雲說：「他又罵我小人，不應該捶呀？」陳芸說：「他所說的小人，是有典故的。請乾了這兩觥，我就告訴你。」

原文 素雲乃連盡兩觥，芸乃告以滄浪舊居乘涼事。素雲曰：「若然，真錯怪矣，當再罰。」又乾一觥。芸曰：「久聞素娘善歌，可一聆妙音否？」素即以象箸①擊小碟而歌。芸欣然暢飲，不覺酩酊②，乃乘輿先歸。余又與素雲茶話片刻，步月而回。時余寄居友人魯半舫家蕭爽樓中，越數日，魯夫人誤有所聞，私告芸曰：「前日聞若婿挾兩妓飲於萬年橋舟中，子知之否？」芸曰：「有之，其一即我也。」因以偕遊始末詳告之，魯大笑，釋然而去。

註釋 ①象箸：象牙筷子。②酩酊：大醉的樣子。

譯文 素雲於是連飲兩觥，陳芸就把從前在滄浪亭舊居乘涼的事講給她聽。素雲說：「如果是這樣，我真錯怪他了，應當再罰。」她又乾了一觥。陳芸說：「早就聽說素雲歌唱得好，能否讓我聆聽一下美妙的歌聲呢？」素雲就用象牙筷子敲著小碟唱了起來。陳芸很高興地開懷暢飲，不知不覺就大醉了，於是坐著轎子先回去了。我又與素雲喫茶閒談了一會兒，在月光下散步而歸。當時，我在朋友魯半舫家的蕭爽樓中借住，過了幾天，魯夫人誤聽傳聞，偷偷地對陳芸說：「前幾天聽說你丈夫帶了兩個妓女在萬年橋下船中喝酒，你知道嗎？」陳芸說：「有這事，其中一個就是我。」於是把我們一起出遊的詳情對魯夫人說了，魯夫人大笑，放心地走了。

原文 乾隆甲寅①七月，余自粵東歸。有同伴攜妾回者，曰徐秀峰，余之表妹婿也。豔稱新人之美，邀芸往觀。芸他日謂秀峰曰：「美則美矣，韻猶未也。」秀峰曰：「然則若郎納妾，必美而韻者乎？」芸曰：「然。」從此癡心物色，而短於資。時有浙妓溫冷香者，寓於吳，有《詠柳絮》四律，沸傳吳下，好事者多和之。余友吳江張閒憨素賞冷香，攜柳絮詩索和。芸微其人而置之，余技癢而和其韻，中有「觸我春愁偏婉轉，撩他離緒更纏綿」之句，芸甚擊節。

註釋 ①乾隆甲寅：乾隆五十九年，即一七九四年。

譯文 乾隆甲寅年七月，我從廣東回來。有個同伴帶著小妾一起回來，他名叫徐秀峰，是我的表妹夫。他總是誇新人很美，請陳芸去看。陳芸有一天對秀峰說：「確實是很美，不過還缺少風韻。」秀峰說：「如果你的郎君納妾，一定是很美也很有風韻的了？」陳芸說：「當然。」從此，她就專心物色，然而缺少資金。當時，浙江有個妓女叫溫冷香，寄居在吳地，做了四首《詠柳絮》，在吳下流傳很廣，很多好事的人都爲她寫了和詩。我的朋友吳江人張閒憨一直很欣賞冷香，帶著柳絮詩來索求和詩。陳芸看不起他的爲人，就放在一邊了，我一時技癢就和了一首，其中有「觸我春愁偏婉轉，撩他離緒更纏綿」的句子，陳芸十分讚賞。

原文 明年乙卯秋八月五日，吾母將挈芸遊虎丘，閒憨忽至曰：「余亦有虎丘之遊，今日特邀君作探花使者。」因請吾母先行，期於虎丘半塘相晤，拉余至冷香寓。見冷香已

半老；有女名憨園，瓜期[①]未破，亭亭玉立，真「一泓秋水照人寒」者也，款接間，頗知文墨；有妹文園尚雛。余此時初無癡想，且念一杯之敘，非寒士所能酬，而既入個中，私心忐忑，強爲酬答。因私謂閒憨曰：「余貧士也，子以尤物玩我乎？」閒憨笑曰：「非也，今日有友人邀憨園答我，席主爲尊客拉去，我代客轉邀客，毋煩他慮也。」余始釋然。

註釋 ①瓜期：女子出嫁之期。明陳汝元《金蓮記·量移》：「問瓜期何日，賜環夢斷，賦鵩還羞。」

譯文 第二年秋天八月五日，我母親要帶著陳芸去虎丘遊玩，閒憨忽然來了，說：「我也要去虎丘遊玩，今天特地來邀請你去做探花使者。」於是我就請母親等人先行，約好了在虎丘的半塘相見。

閒憨拉著我到了冷香的住處。我見冷香已經是半老徐娘了；她有個女兒叫憨園，到了結婚的年齡，還沒有出嫁，亭亭玉立，真是「一泓秋水照人寒」的人啊，交往之間，得知她很會讀書寫字；她有個妹妹叫文園，年紀還很小。我這個時候還沒有甚麼癡心妄想，衹是考慮在這裏喝酒，不是我這種窮讀書人能夠花銷得起的。然而既然已經來了，內心深處很忐忑，勉強應酬答話。於是私下裏對閒憨說：「我是個窮書生啊，你是用這個尤物耍我嗎？」閒憨笑著說：「不是啊，今天本來有個朋友請憨園招待我，但是他被一位貴客拉走了，我替他又請了你這個客人，你不用有其他擔心。」我這纔放心了。

原文 至半塘，兩舟相遇，令憨園過舟叩見吾母。芸、憨相見，歡同舊識，攜手登山，備覽名勝。芸獨愛千頃雲高曠，坐賞良久。返至野芳濱，暢飲甚歡，並舟而泊。及解維，芸謂余曰：「子陪張君，留憨陪妾可乎？」余諾之。返棹至都亭橋，始過船分袂。歸家已三鼓，芸曰：「今日得見美而韻者矣，頃已約憨園明日過我，當爲子圖之。」余駭曰：「此非金屋不能貯，窮措大①豈敢生此妄想哉？況我兩人伉儷正篤，何必外求？」芸笑曰：「我自愛之，子姑待之。」

註釋 ①措大：舊時指貧寒的讀書人。

譯文 到了半塘，我們的船和母親的船相遇了，我就讓憨園到那條船上拜見我母親。陳芸和憨園相見，高興得就像舊相識，她們手挽著手登山，觀覽了山上所有的名勝。陳芸特別喜愛千頃雲的高遠空曠，坐著觀賞了很久。回到野芳濱後，大家開懷暢飲，十分快樂，將兩隻船並排停泊。到了解開纜繩開船時，陳芸對我說：「你陪著張先生，讓憨園留下來陪我可以嗎？」我答應了。船返回途中到了都中橋時纔讓憨園換船分手。到家時已經三更了，陳芸說：「今天見到既美麗又有風韻的了，剛纔我已經約了憨園明天來看我，我會替你謀劃的。」我嚇了一跳，說：「這是沒有金屋就留不住的人啊，我一個窮書生怎麼敢有這種妄想呢？況且我們夫妻感情正好，何必額外追求呢？」陳芸笑著說：「我自己喜愛她，你就等著吧。」

原文 明午，憨果至。芸慇懃款接，筵中以猜枚①贏吟輸飲爲令，終席無一羅致語。及憨園歸，芸曰：「頃又與密約，

十八日來此結爲姊妹，子宜備牲牢以待。」笑指臂上翡翠釧曰：「若見此釧屬於憨，事必諧矣，頃已吐意，未深結其心也。」余姑聽之。十八日大雨，憨竟冒雨至。入室良久，始挽手出，見余有羞色，蓋翡翠釧已在憨臂矣。焚香結盟後，擬再續前飲，適憨有石湖之遊，即別去。芸欣然告余曰：「麗人已得，君何以謝媒耶？」

註釋 ①猜枚：一種行酒令遊戲，玩法是以瓜子、黑白棋子等握於手中，讓人猜數目、顏色，猜不中者罰酒。

譯文 第二天中午，憨園果然來了。陳芸慇懃款待，宴席上猜枚行令，贏了的吟詩，輸了的喝酒，一直到散席也沒有一句拉攏的話。等到憨園回去，陳芸又說：「剛纔我又與她秘密約定了，十八日

那天她來與我結爲姐妹，你應該準備好祭祀用的牲畜。」又笑著指了指臂上的翡翠釧說：「如果見到此釧屬於憨園了，事情就一定能成，剛纔我已吐露了這個意思，衹是還沒有更深地結納她的心啊。」我姑且就聽她那麼說。十八日那天下起了大雨，憨園竟然冒雨來了。到屋中很久，她纔和陳芸挽著手出來，見到我時很羞澀，原來翡翠釧已經在她的臂上了。焚香結拜後，本打算像上次一樣接著喝酒，但是憨園要陪著客人去石湖遊玩，就告別了。陳芸很欣慰地告訴我說：「麗人已經得到了，你用甚麼謝媒人呢？」

原文 余詢其詳，芸曰：「向之秘言，恐憨意另有所屬也，頃探之無他，語之曰：『妹知今日之意否？』憨曰：『蒙夫人抬舉，真蓬蒿倚玉樹也，但吾母望我奢，恐難自主耳，願彼此緩圖之。』脫釧上臂時，又語之曰：『玉取其堅，且有團圓不斷之意，妹試籠之以爲先兆。』憨曰：『聚合之權總在夫人也。』即此觀之，憨心已得，所難必者冷香耳，當再圖之。」余笑曰：「卿將效笠翁①之《憐香伴》②耶？」

芸曰：「然。」

自此無日不談憨園矣。後憨爲有力者奪去，不果。芸竟以之死。

註釋 ①笠翁：李漁，原名僊侶，字謫凡，號天徒，中年改名李漁，字笠鴻，號笠翁，浙江蘭溪人，明末清初著名戲曲家。作品有戲劇《凰求鳳》、《玉搔頭》和小說《肉蒲團》、《覺世名言十二樓》、《無聲戲》、《連城壁》等，另有戲曲理論專著《閒情偶寄》。②《憐香伴》：李漁的傳奇集《笠翁十種曲》其中一篇，以男權社會下女子之間的戀情爲題材，講述了崔箋雲與曹語花兩名女子通過詩文互生傾慕，想辦法爭取長相廝守的故事。

譯文 我向她詳細詢問，陳芸說：「從前我祇是秘密地說，是擔心憨園另有心上人，剛纔試探了知道她心裏沒有別人，就對她說：『妹妹知道今天我讓你來的意思嗎？』憨園說：『承蒙夫人抬舉，我就像是蓬蒿靠上了玉樹，但是我母親對我抱有奢望，恐怕難以自己做主，希望你我一起慢慢想辦法吧。』我脱下翡翠釧戴在她臂上時，又對她說：『玉的可取之處在於堅固，還有團圓不斷的意思，妹妹先戴上討個好兆頭。』憨園說：『聚合的權力都在夫人手中啊。』從這些情況中觀察，我們已經得到了憨園的心，難辦的必定是冷香了，再想辦法吧。」我笑著說：「你要做做李笠翁《憐香伴》中的故事嗎？」陳芸說：「是的。」從此，她沒有一天不談到憨園。

後來，憨園被有勢力的人奪去，這件事就沒了結果。陳芸竟然因此而死。

卷二 閒情記趣

原文 余憶童稚時，能張目對日，明察秋毫①。見藐小微物，必細察其紋理，故時有物外之趣。

夏蚊成雷，私擬作群鶴舞空。心之所向，則或千或百果然鶴也。昂首觀之，項爲之強。又留蚊於素帳中，徐噴以煙，使其沖煙飛鳴，作青雲白鶴觀，果如鶴唳雲端，怡然稱快。

於土牆凹凸處、花臺小草叢雜處，常蹲其身，使與臺齊，定神細視，以叢草爲林，以蟲蟻爲獸，以土礫凸者爲丘，凹者爲壑，神遊其中，怡然自得。

註釋 ①明察秋毫：這裏是形容人的目光敏銳，甚至可以看清秋天鳥獸新生的毫毛。現在形容人能洞察事理。語出自《孟子・梁惠王上》：「明足以察秋毫之末」。

譯文 記得我小時候，具有很強的好奇心，爲了研究天上的太陽，甚至敢正對著太陽睜開雙眼。看到一些小蟲小動物，更會細心觀察研究，因此我經常會體會到一些別樣的樂趣。

夏天的時候，蚊子到處都是，塲面非常壯觀。面對成群結隊的蚊子，我自己會把它們想像成一群在天空中舞蹈的僊鶴。心裏如果是這樣想的話，眼前這成百上千的蚊子，竟然真的如同數不清的僊鶴一樣。每次抬頭，都會覺得這些蚊子很強大。爲了能更仔細地觀察蚊子，我抓來很多蚊子放在蚊帳裏，再向蚊帳裏噴煙，一大群蚊子在蚊帳中一邊伴著煙霧飛舞，一邊發出聲響，我將這樣的塲景想像成青雲白鶴，再一看飛舞的蚊群，果然如同鶴唳雲端，我一將咬我的蚯蚓喂鴨子，便讓一個奴婢捉住鴨子，掰開鴨嘴，而我拿著蚯蚓放到鴨子的喉嚨處。剛巧這時，奴婢不小心松了下手，鴨子上下點頭，做出吞咽東西的樣子，我的小手險些被鴨子一起咽下。我被嚇得號啕大哭，一時之間，這件事被傳爲笑柄。到如今，這些卻都成爲我兒時難得的趣事。

原文 及長，愛花成癖，喜剪盆樹。識張蘭坡，始精剪枝養節之法，繼悟接花疊石之法。花以蘭爲最，取其幽香韻致也，而瓣品之稍堪入譜者不可多得。蘭坡臨終時，贈余荷瓣素心春蘭一盆，皆肩平心闊，莖細瓣淨，可以入譜者，余珍如拱璧①。值余幕遊於外，芸能親爲灌溉，花葉頗茂，不二年，一旦忽萎死，起根視之，皆白如玉，且蘭芽勃然，初

不可解，以爲無福消受，浩嘆而已。事後始悉有人欲分不允，故用滾湯灌殺也。從此誓不植蘭。次取杜鵑。雖無香而色可久玩，且易剪裁。以芸惜枝憐葉，不忍暢剪，故難成樹。其他盆玩皆然。

註釋 ①拱璧：大璧，比喻珍貴之物。

譯文 隨著我漸漸長大，竟然喜愛花草到了癡迷的程度。其中，修剪盆栽是我最喜歡做的事情之一。因爲志趣相投，和張蘭坡成爲摯交好友，在他那裏學會了剪枝養節的方法，接著又自己悟出接花疊石的修剪盆景方法。在所有花草之中，我最喜愛的是蘭花，因爲它特有的香氣韻致和花瓣形狀是任何一種花草都比不上的。蘭坡臨終的時候，將他的荷瓣素心春蘭送給了我。這盆蘭花的葉子

平整而舒展，幾乎與肩同寬。根莖細且直，花瓣純潔乾淨，是上等的蘭花。我將它看成不可多得的珍寶。後來我在外任職，妻子陳芸親自承擔起灌溉蘭花的差事，蘭花在她的照料下長勢極好。可是，沒想到不到兩年，這盆蘭花就枯萎而死。我挖出蘭花的根，發現全部都潔白如玉，並沒有病害的跡象，而且還有很多新芽即將長出，開始時想了很久也沒找到原因，還以爲是自己福祉淺薄，沒福氣養這樣上等的蘭花，兀自感慨不已。後來纔知道，原來是有人曾經想要張蘭坡分一些這樣的蘭花給自己，蘭坡不同意，那人便懷恨在心，便找機會往蘭花上澆了滾燙的熱水。我內心十分惋惜。於是決定再也不種植蘭花了。除了蘭花以外，杜鵑也是一種不錯的花。杜鵑花雖然沒有太多的香氣，卻開得更加長久，並且容易剪裁。不過，因爲妻子愛惜杜鵑枝葉，不忍心讓我剪裁，因而很難長成上好的盆栽。不僅杜鵑是這樣，園中其他所有的盆景也是如此。

原文 惟每年籬東菊綻，積興成癖。喜摘插瓶，不愛盆玩。非盆玩不足觀，以家無園圃，不能自植，貨於市者，俱叢雜無致，故不取耳。其插花朵，數宜單，不宜雙，每瓶取一種不取二色，瓶口取闊大不取窄小，闊大者舒展不拘。自五、七花至三、四十花，必於瓶口中一叢怒起，以不散漫、不擠軋、不靠瓶口爲妙，所謂「起把宜緊」也。或亭亭玉立，或飛舞橫斜。花取參差，間以花蕊，以免飛鈸耍盤之病；葉取不亂，梗取不強，用針宜藏，針長寧斷之，毋令針針露梗，所謂「瓶口宜清」也。

譯文

每年秋天，東邊籬笆旁邊的菊花就會悉數綻放，我不喜歡將菊花養在花盆中，卻樂意將菊花摘下插在花瓶中賞玩。並不是因爲盆栽不好看，實在是因爲家裏沒有花圃，不能自己種植，衹能到集市上買，但是因爲集市上賣的菊花往往都雜亂無致，所以纔不養成盆栽。花瓶插花，單數比雙數適宜。每個花瓶都放同種同色的花朵，瓶口寬大些的更好看。從幾朵花到幾十朵花，全部在瓶口豔麗綻放，花朵排列以不散漫、也不過分緊湊、還不靠近瓶口爲佳，這就是所謂的「起把宜緊」。有的花亭亭玉立，有的花橫斜飛舞。花朵參差錯落，中間雜以花蕊，這就避免了飛鈸耍盤的毛病；葉子以雜而不亂爲好，花梗以韌而不強爲好，這樣方便用針固定。用來固定花梗的針最好隱藏起來，如果有的針太長，寧可將針掐斷也不要讓針頭露在花梗外面，這就是所說的「瓶口宜清」。

原文

視桌之大小，一桌三瓶至七瓶而止，多則眉目不分，即同市井之菊屏矣。几之高低，自三四寸至二尺五六寸而止，必須參差高下互相照應，以氣勢聯絡爲上。若中高兩低，後高前低，成排對列，又犯俗所謂「錦灰堆」矣。或密或疏，或進或出，全在會心者得畫意乃可。

若盆碗盤洗，用漂青松香榆皮麵和油，先熬以稻灰，收成膠，以銅片按釘向上，將膏火化，粘銅片於盤碗盆洗中。俟冷，將花用鐵絲紮把，插於釘上，宜偏斜取勢，不可居中，更宜枝疏葉清，不可擁擠。然後加水，用碗沙少許掩銅片，使觀者疑叢花生于碗底方妙。

譯文 此外，花瓶的擺放數量還要看桌子的大小，一張桌子上最少放三瓶花，最多放七瓶花，如果數目再多，就會顯得雜亂無章，同集市上買賣菊花的沒甚麼兩樣了。花瓶的高低擺放也有講究，低至三四寸高到二尺五六寸都可以，一定要高低不同，錯落有致，互相照應，最好能給人一種一氣呵成的感覺。如果是中間高，兩邊低，或者後面高前面低，花瓶成排成對排列，就又犯了俗語所說的「錦灰堆」的毛病。疏密相稱，錯落有致，到底如何更令人賞心悅目，全在插花瓶人自己內心的想法和境界了。

如果是用盆和碗之類的器皿插花，可以先用漂青、松香、榆皮麵和上油，再將稻灰熬製成膠狀，用一根中等長度的釘子釘在銅片上，釘尖朝上，將熬製好的灰膠塗在銅片的背面粘在盆、碗或盤上。待膠冷卻後，用鐵絲將菊花紮成一束，插在釘子上，插花的時候不要太垂直，最好插的有點偏斜，這樣會顯得比較自然，也不要插在正中央，以疏枝清葉爲宜，避免產生擁擠雜亂之感。插完花後在盆中注上清水，再加上少量細沙蓋住銅片，讓觀花的人以爲這束花叢是從碗底生長出來的，這就達到最佳效果了。

原文 若以木本花果插瓶，剪裁之法（不能色色自覓，倩人攀折者每不合意）。必先執在手中，橫斜以觀其勢，反側以取其態；相定之後，剪去雜枝，以疏瘦古怪爲佳。再思其梗如何入瓶，或折或曲，插入瓶口，方免背葉側花之患。若一枝到手，先拘定其梗之直者插瓶中，勢必枝亂梗強，花側葉背，既難取態，更無韻致矣。折梗打曲之法，鋸其梗之半而嵌以磚石，則直者曲矣。如患梗倒，敲一二釘以管之。即楓葉竹枝，亂草荊棘，均堪入選。或綠竹一竿配以枸杞數粒，幾莖細草伴以荊棘兩枝，苟位置得宜，另有世外之趣。若新栽花木，不妨歪斜取勢，聽其葉側，一年後枝葉自能向上，如樹樹直栽，即難取勢矣。

評文

如果選用木本花果插瓶，一定要注意剪裁的方法（不可以看見好看的就折下來插瓶，很多插花者就是祇憑藉花果外觀好看而折取下來準備插瓶，結果插入瓶中往往都不合心意）。木本花果插瓶，選好枝幹後一定要先拿在手中，從橫斜兩處來觀看它的韻致，從側面來觀看它的神態；認爲它可以進行瓶插後，再將上面不必要的雜枝剪掉，木本瓶插通常以疏瘦古怪爲好。然後再思考修剪好的枝幹怎樣放進瓶中，折曲都可以，完全根據枝幹本身的特點入手，這樣以後再插入瓶中，就能避免葉子犯了或者花朵偏在側面的問題。如果選定了一根枝幹，就直接插入瓶中，那一定會顯得亂而無序，花葉有的在側面，有的在背面，不僅沒有甚麼美態可言，更沒有任何韻致了。所謂折梗打曲，就是用鋸子將枝條鋸開一半，在裏面墊上小石子，這樣以後，原本筆直的枝幹就變得彎曲了。如果擔心花梗會因此而完全倒下，可以用一兩個釘子固定住。這樣看來，無論是楓葉竹枝，還是亂草荊棘，都可以用來插瓶了。可以選擇一根綠竹和數粒枸杞搭配，也可以選幾根細草和兩根荊棘搭配，祇要搭配和插瓶的位置適當，都別有一番韻味。如果是新種植的花木，可以嘗試歪斜種植，根據它的枝葉的走勢而決定歪斜方向，一年以後，枝葉就會向上生長了。如果樹木都是直立種植的，就很難有甚麼特殊的韻致了。

原文 至剪栽盆樹，先取根露雞爪者，左右剪成三節，然後起枝。一枝一節，七枝到頂，或九枝到頂。枝忌對節如肩臂，節忌臃腫如鶴膝；須盤旋出枝，不可光留左右，以避赤胸露背之病。又不可前後直出。有名雙起三起者，一根而起兩三樹也。如根無爪形，便成插樹，故不取。然一樹剪成，至少得三四十年。余生平僅見吾鄉萬翁名彩章者，一生剪成數樹。又在揚州商家見有虞山遊客攜送黃楊、翠柏各一盆。惜乎明珠暗投，余未見其可也。若留枝盤如寶塔，紮枝曲如蚯蚓者，便成匠氣①矣。

註釋 ①匠氣：工匠習氣。意思是說創作缺乏藝術特色。清王夫之《薑齋詩話》卷下：「徵故實，寫色澤，廣比譬，雖極鏤繪之工，皆匠氣也。」

譯文 關於剪栽盆栽，通常都是先選取露在外面的形狀像雞爪子的部分，從左至右修剪成三節，這樣以後再修剪其他枝葉。一支枝幹爲一小節，每個大節以七枝爲宜，最多九枝。修剪枝幹最忌諱的就是兩邊的枝蔓修剪的如同人的雙肩一樣對稱，而枝節則忌諱修剪成如同鳥的膝蓋那樣突兀；應該是枝蔓盤旋伸出，而不是衹留下左右的枝節，這樣就可以避免赤胸露背的弊病。枝蔓修剪還不可以前後直直伸展。著名的盆景，一般都是雙起或者三起開頭的，一個樹根通常要分兩個或三個樹杈。如果樹根沒有突出成爪形，那就成了插在盆裏的枝條，因此是不可取的。不過要想真正剪出一盆上好的盆景，至少需要三四十年的時間。我這一生祇見過我的同鄉姓萬名彩章的老人修剪成數盆盆景。此外，還在揚州賣盆栽的地方看見有位虞山的遊客手裏拿着黃楊和翠柏兩盆盆景準備出售。我爲這些上好的盆景沒有找到真正欣賞它的主人而感到悲哀。如果主幹修剪得如同寶塔一樣盤曲而上，而枝蔓又修剪得如同蚯蚓一樣彎曲，雖然形狀特殊，卻失去了本身的創作志氣，未免讓人覺得呆板了。

原文 點綴盆中花石，小景可以入畫，大景可以入神。一甌清茗，神能趣入其中，方可供幽齋之玩。種水僊無靈璧石，余嘗以炭之有石意者代之。黃芽菜心其白如玉，取大小五七枝，用沙土植長方盆内，以炭代石，黑白分明，頗有意思。以此類推，幽趣無窮，難以枚舉。如石菖蒲結子，用冷米湯同嚼噴炭上，置陰濕地，能長細菖蒲，隨意移養盆碗中，茸茸可愛。以老蓮子磨薄兩頭，入蛋殼使雞翼之，俟雛成取出，用久年燕巢泥加天門冬十分之二，搗爛拌勻，植於小器中，灌以河水，曬以朝陽，花發大如酒杯，葉縮如碗口，亭亭可愛。

譯文 盆景中用來點綴的花石也很講究，小而言之可以使人產生一種畫意，大而化之可以體現出一種特有的神韻。若手捧一碗清茶，置身其間能夠產生一種令人心馳神往的感覺，那纔是一個可供放在書房中把翫欣賞的上等盆栽。種植水僊需要與靈璧石搭配，沒有靈璧石時，我曾經嘗試用形狀像石頭的木炭來代替。黃芽菜的菜心潔白如玉，可以選取五六個黃芽菜菜心，用沙土種植在長方形的花盆中，然後再用燒好的木炭代替石頭，這樣看起來就會黑白分明，別具情趣。這樣的方法我還嘗試過很多，都能取得意想不到的效果，這裏就不一一列舉了。比如家中石菖蒲的盆栽開始結籽的時候，將石菖蒲籽與已經冷卻的米湯一起噴在木炭上，然後將木炭放在蔭涼潮濕的地方，過幾天就會長出細細的菖蒲來。可以按照個人喜好將菖蒲移植到花盆或者碗中，毛茸茸的，非常可愛。老蓮子也可以做出很漂亮的盆栽，將老蓮子的兩端磨薄，裝在蛋殼裏與其他生雞蛋一起放在雞窩裏，等到其他雞蛋都孵出小雞的時候，再將裝有蓮子的蛋殼取出，用數年前燕子在房檐上做窩的泥土和少許的天門冬一起搗碎拌勻，放在一個小一點的容器裏，放在太陽底下，用河水灌溉，用不了多久，就會開出酒杯大小的花朵，花葉邊緣微卷，如同碗口一樣，亭亭玉立，非常惹人喜愛。

原文　若夫園亭樓閣，套室回廊，疊石成山，栽花取勢。又在大中見小，小中見大，虛中有實，實中有虛，或藏或露，或淺或深，不僅在「周回曲摺」四字，又不在地廣石多徒煩工費。或掘地堆土成山，間以塊石，雜以花草，籬用梅編，牆以藤引，則無山而成山矣。大中見小者，散漫處植易長之竹，編易茂之梅以屏之。小中見大者，窄院之牆宜凹凸其形，飾以綠色，引以藤蔓；嵌大石，鑿字作碑記形；推窗如臨石壁，便覺峻峭無窮。虛中有實者，或山窮水盡處，一摺而豁然開朗；或軒閣設廚處，一開而可通別院。

譯文　如果是園亭閣樓、套室回廊之類的景致設計，通常用石塊堆疊成假山，在周圍栽種上花草，就會充滿生機。整個格局大小相襯，虛實相生，明暗相對，深入淺出，不僅體現出「周回曲摺」這四個字，又能夠避免不必要的用地和石頭，多費工夫。可以就地挖些泥土出來，中間夾雜些石塊堆砌成山，周圍種上花草，把梅樹當作籬笆，牆上爬滿青藤，這樣一來就算是本沒有山也變得如同有座真山一樣了。所謂大中見小，可以在一些開闊的地方種植點容易生長的竹子，茂盛的梅樹樹枝就是天然的屏風。而想要小中見大，如果是比較窄的庭院可以通過牆壁的曲摺凹凸來實現，將牆壁漆成綠色，牆上用藤蔓裝飾；間鑲嵌大塊石頭，石頭上面可以鑿字做碑，這樣一來，每當推開窗戶的時候，就會面臨山崖石壁，給人一種陡峭而悠遠的感覺。想要做到虛中有實，可以在山水的盡頭處，讓人以爲已經別無他意的時候突然出現一個拐彎，這樣就會有無限開闊之感；也可以在書軒的後面開設一扇小門，門一開發現可以通往別處庭院，也會給人一種曲徑通幽之感。